子鱼故事精选

不负人世这场温热

子鱼 编

台海出版社

图书在版编目（ＣＩＰ）数据

不负人世这场温热：子鱼故事精选 / 子鱼编. ──
北京：台海出版社，2022.5
ISBN 978-7-5168-3242-4

Ⅰ. ①不… Ⅱ. ①子… Ⅲ. ①短篇小说 – 小说集 – 中
国 – 当代 Ⅳ. ①I247.7

中国版本图书馆CIP数据核字(2022)第036767号

不负人世这场温热：子鱼故事精选

编　　者：子鱼

出 版 人：蔡　旭　　　　　　封面设计：白砚川
责任编辑：曹任云

出版发行：台海出版社
地　　址：北京市东城区景山东街20号　邮政编码：100009
电　　话：010-64041652（发行，邮购）
传　　真：010-84045799（总编室）
网　　址：www.taimeng.org.cn/thcbs/default.htm
E － m a i l：thcbs@126.com

经　　销：全国各地新华书店
印　　刷：北京中科印刷有限公司
本书如有破损、缺页、装订错误，请与本社联系调换

开　　本：880毫米×1230毫米　　　1/32
字　　数：174千字　　　　　　　印　　张：9.5
版　　次：2022年5月第1版　　　　印　　次：2022年5月第1次印刷
书　　号：ISBN 978-7-5168-3242-4

定　　价：49.00元

目　录

◇◇ 篇章四　行业那些事儿

童话与爱情

与神仙同行

万丈/文

1

妈妈在四十岁高龄才终于怀上我，惊喜了大半年，但在做孕检唐氏筛查时，结果显示为高风险。惊喜变成了惊吓。

后来又做了羊水穿刺，并无特别异常。但妈妈始终没有放下悬着的一颗心，她经常整晚上做噩梦。爸爸握着她的手，安慰道："善良的人自有老天照顾，你这么善良，孩子一定会没事的。"

妈妈放声大哭："我不善良，我甚至想堕胎！我不想有一丝概率让孩子生下来就受苦！"

妈妈变得神经质，开始疑神疑鬼。爸爸被她折磨得受不了，终于决定："好，孩子不要了，大不了我们一辈子丁克！"

在决定堕胎前，妈妈想最后看我一眼，她默默说着对不起，对不起……

在彩超里的我，却突然挥挥手，仿佛说着，没关系；又像是在说，那就再见吧。

在那一刻，妈妈突然泪流满面。她决定，无论我是什么样子，她都要生下我。

2

从小我就知道，我跟别人是不一样的。

一般看到我的人，第一眼都会惊喜地捏着我的脸蛋，夸道："长得真像个小天使啊！"

但无论他们怎么费尽心思逗弄，我都不理不睬、置若罔闻，他们会在心里嘀咕："原来真的是个'天使'啊。"

后一个天使，是带引号的，特指折翼的天使，类似多动症、自闭症、智力低下，或者有其他障碍的孩子。

我不觉得我有什么问题，但是妈妈在看到医生的诊断书时，哭得肝肠寸断。

我大概能理解妈妈为什么那么绝望。

妈妈肖米从小就是很优秀的人，从优秀的小学生、优秀的中学生一直成长为优秀的大学生，后来还嫁给优秀的老公，简直是优秀的代言人。

她一直很优秀，但一直很不快乐，因为她身边一直有个比她更优秀的同学雷丽。只要有雷丽在，妈妈就永远考不了第一。这样的魔咒，一直持续到大学。后来，妈妈好不容易摆脱掉雷丽，找了个优秀的老公，没想到绕来绕去，老公的公司领导，竟然是雷丽的老公。那时妈妈怎么都搞不懂，为什么世界会如此之小。

本来妈妈寄希望于我，希望我比她家孩子优秀，没承想，我根本不屑与人的竞争。

妈妈一遍遍教我认单词，一遍遍教我系鞋带，一遍遍教我刷牙、洗脸这些简单的常识，可我的反应总是很迟钝。妈妈经常会崩溃，哭着问："老天啊，为什么不能让他像正常的小孩一样？"

很多人看我的眼神都带着可怜与同情，可是，他们根本不知道我的世界是怎样的。

很抱歉，我不是高能自闭症者，没有那么瑰丽的幻想世界。人与人是不一样的，每个自闭症小孩也不一样。

小的时候，我看到一些事，会惊恐发作。好在随着年龄越来越大，再看一些事惊恐发作的次数越来越少。

有一天，妈妈费了好长时间，教我很多词组，勇气、聪明、健康……"我想很聪明，我想很健康，我想有勇气……"她一遍遍地重复，我却说不出来，我努力了很久，终于说出连贯的句子：我想不聪明！

妈妈忍不住打了我两巴掌。

那巴掌真疼啊，妈妈的手都打红了。

我止不住地哭，哭着哭着，不小心睡过去了。

我突然见到了一个神仙模样的人，我问他："你是神仙吗？"

他点点头。

我问他："你是神仙，那你可不可以帮帮我，让我变得跟别人一样？"

他笑着问我："你为什么要变成跟别人一样的小孩？"

神仙可真笨啊，连这个都不知道，我都怀疑他是不是神仙了。我无奈地回答："这样妈妈才会喜欢我啊！"

他笑着答应："我会帮你的！"

我反复确认道："以后无论遇到什么困难，你都会帮我吗？"

他摸摸我的头，笑着说："我会帮你的，只是必须换成普通人的模样，否则到时你会认不出我来！"

我得意地笑道："我可是像孙悟空一样火眼金睛，怎么会认不出你来？"

在梦里，我可以自由表达我想说的，可真是幸福呀。

但在现实中，大人总是为我着急。他们以为我是不想说，其实，我很努力了，只是不知道怎么说。可能是我犯了什么错误，作为惩罚，说话的那个通道被锁上了吧。

3

神仙说要帮助我。

可是一直到我五岁时，我的表达能力还是很差，不会说连贯的句子。再过两年就要上小学了，这可愁坏了妈妈。

妈妈只能辞职，每天拿着小卡片陪我练习。

妈妈每天会指着各种东西，很夸张地比画着说："看，这是什么呀？哦，原来是桌子啊。看，那又是什么呀？哦，原来是太阳啊！"

其实，大部分时间，我都觉得这样的对话很无趣，那些东西我都知道，只是从嘴里说不出罢了。我也不知道我被下了什么魔咒，明明心里知道，但话到了嘴边，就是很难说出来。即使说出来，也是呜里哇啦，跟别人家孩子的语言不太一样。

爸爸笑着说我可能是外星球来的，还不太习惯地球语系。

听到爸爸的轻描淡写，妈妈就会愤怒："都是因为你天天在外面鬼混，才招来这样的孩子！"

爸爸只能闭嘴。

小时候我一直自责，可能因为我的关系，妈妈总是脾气不好，脾气不好就朝爸爸发火，所以爸爸总想着往外躲。因为爸爸总是不在家，妈妈一个人辛苦，就更加脾气不好，偶尔看到爸爸回来，就更加没好气。

如此形成了恶性循环，后来，爸爸干脆很少回家了。

有一天，妈妈哭得很惨，从她跟外婆的哭诉中，我大概知道，爸爸在外面有别的女人了！无论外婆怎么劝，妈妈还是冲了出去，想要找到爸爸当面质问。

外婆怕出什么差错，匆忙把我留给楼下的张阿姨，也跟了出去。

张阿姨家办了一个棋牌室，里面总有老的少的在那儿玩牌。里面有些吵，趁她玩得兴奋，我一个人跑到门口玩。

有个带着孩子的阿姨故意靠近我，问我："宝宝，你妈妈呢？"

我抬头看了她一眼，继续玩我的积木。她是坏人，我知道。

她又问我："阿姨家小朋友有更好玩的，你愿意去跟哥哥玩吗？"那个小哥哥还特意把手里的玩具塞给我，我依然不想理他们。

阿姨又说了很多，我一直玩自己的。她突然问道："你妈妈怎么把你一个人放在这里，她一定是不要你了吧？"

我一下子想到，如果没有我，妈妈就不会跟爸爸吵架，爸爸也不会找别的女人，要不，我就跟着这个坏阿姨走吧。

所以我朝她甜甜一笑，把手放在她手里。

她大喜，拽着我赶紧离开。

到了她住的地方，有个壮壮的男人，看到我，惊喜道："货色不错啊，肯定能卖个好价钱！"

但女人说："总觉得哪里怪怪的，不会是个傻子吧？"

于是她又问了我很多问题，很遗憾，我都没有回答上来。关键时刻，我的嗓子就是说不出完整的话，并且她背后那团像雾一样的黑气一会儿变成狗熊，一会儿变成恶鬼，这让我很惊恐。

阿姨有些泄气："唉，白费功夫，竟然真的是个傻子！赔钱货！"

我努力了很久，蹦出几个词："我不傻……我很值钱的！"

那个阿姨跟那个叔叔互相对视一眼，确认道："果然是个傻子！不值钱，还是扔了吧！"

那个壮壮的男人犹豫了一下，说道："傻也好，安全！谁也问不出啥！"

他们两个嘀咕了一番，商量着反正我也卖不出去，不如教会我乞讨吧。

说干就干，他们把我带到另一个城市，教我去讨钱。

因为我笨，表达不利索，没少挨打。他们就索性让我装哑巴，给我挂了个牌子，让我讨钱。

妈妈说我是个福娃，自带福气，果然没错。我第一天工作，就赚到三百多块，因为很多陌生的大人看到我，都会惊讶道："好漂亮的小孩呀！"

恶魔叔叔与阿姨很开心，给了我很多糖。

我也很开心，以前妈妈不让我吃太多糖，每天只能吃一颗，现在终于可以一下子吃很多，我把糖一个一个剥开，然后全部放到嘴里，真甜啊，也没人管我，真幸福。

可是，心里又有些难过，我觉得有点想妈妈了。

两天，三天……

也不知道几天过去了，我身上的衣服越来越脏，也没人帮我换，也没人要求我刷牙，也没人让我洗澡……我觉得一天比一天难过，想起以前妈妈费劲地教我刷牙，教我洗脸，我总嫌她很烦。现在，我却一天比一天想她。

没有我，妈妈一定会很轻松吧！

我一天比一天想念妈妈。

4

其实，仔细想起来，我的妈妈肖米有时真让人烦。她的要求真多啊，她总希望我能记住更多单词，希望我能对每个人有礼貌，希望我能像别人家的小孩那样优秀。

大概不止我觉得烦，很多大人也觉得她很烦吧。

有次她带我去医院看专家，地铁上看到一个阿姨带着小孩子。小孩子不停地哭，那个大人也不管，兀自盯着手机玩。

妈妈就偷偷打了110，说怀疑有大人拐卖儿童。

一下地铁，就有警察把那个大人叫住检查，可最后结果是，人家小孩是亲生的，不是拐卖的。

爸爸就笑话妈妈，说她多管闲事。

妈妈理直气壮地说："我搞错了，顶多就是丢了面子。可万一没搞错，就是救了孩子与妈妈的一生。你根本想象不到妈妈丢了孩子，会有多痛苦！"

爸爸还是叮嘱她："以后这样的事情你还是少干，万一是真的，万一人家是团伙作战呢？你跟孩子多危险！"

妈妈嘟囔着答应了，可后来在路上看到一个皮肤黝黑的阿姨带着一个清秀的小孩玩，小孩不听话，那个阿姨就动手打小孩，她又报警了。

当然，又搞错了，人家阿姨是孩子的保姆。

总是搞错的妈妈，估计怎么也没想到，最后自己的孩子倒是被拐了。

也不知道是第几天，我在火车站讨钱的时候，突然看到一个熟悉的面孔。

那个人是我们楼道的清洁阿姨，每次妈妈见了她，都跟她热情地打招呼。每次家里收到快递，妈妈也把快递盒子收拾好，让我交给清洁阿姨。

妈妈说："这些纸盒子，对我们来说没几个钱，但阿姨攒多了，能赚点零花。"家里有什么不要的瓶瓶罐罐，都会攒好了，交给阿姨。

清洁阿姨见到我，很惊讶，一个劲儿跟我确认："你是毛毛吗，你怎么在这里？"

还没等我回话，拐卖我的阿姨赶紧过来，拽我离开。

但没过多久，警察还是找到了我，警察后面跟着的是哭得快要晕倒的妈妈。

我找到清洁阿姨，兴奋地问她："是不是神仙把你带到了这里？"

她说她只是恰巧回老家探亲罢了。

我有些遗憾，神仙把我送回了家里，可是，还是没有把我变成正常的小孩。

5

出于对丢小孩的恐惧，妈妈反复教我小孩自保的本领，还让我去学习跆拳道。

很遗憾，无论做什么我都很笨，跆拳道的一招一式我也记不住，跟小朋友打起来，我只会乱抓。

有小朋友妈妈投诉我，无奈，跆拳道馆只能劝退了我。

妈妈不灰心，又让我去学习画画。

她查过很多资料，听说很多大艺术家也有自闭倾向，也查到有的自闭症小孩会是绘画方面的天才。

我觉得自己是画画中的"豪放派"，把颜料涂得四处都是，但谁也看不懂我在画什么。

很遗憾，因为太过"豪放"，经常扰乱课堂秩序，我又被画室劝退了。

我大概能理解妈妈的绝望。每个妈妈都盼着自己的孩子是某方面的神童，偏偏我哪一方面都不行。

好在经过琴行时，我突然被吸引到了。妈妈大喜，以为我是贝多芬再世。那么贵的钢琴，二话没说就买回家。

很遗憾，我依旧不是什么音乐天才。我只是喜欢音乐罢了，但我弹得很糟，别人学几遍能学会的曲子，我大概学几百遍也记不住。

所以经常有邻居来投诉：你们学钢琴，天天很吵，我们不反对。但能不能不要每天只弹一首曲子！好吧，每天只弹一首曲子也没关系，但能不能不要一首简单的《两只老虎》也弹得七零八落！

跆拳道馆不要我，画室不要我，连我在自己的家里，都有邻居不满了！

妈妈觉得走投无路，经常陪我练习着练习着就哭了。

我觉得有些难过，神仙答应要帮助我的，可是，他消极怠工，躲到哪里去了呢？

6

好在，我的语言能力渐渐被开发了出来，也就是说，从外表上来看，我基本像个正常小孩了。

妈妈极力想把我送到正常的小学读书，面试时，几个小学都拒绝了。只有一个校长犹豫道："小孩有暴力倾向吗？"

妈妈忙不迭地摇头。"没有，没有。"说着莫名其妙地狠狠给了我一巴掌，示范给校长看，"你看，即使打他，他也不知道还击。"

校长终于同意了。

妈妈激动得眼泪都出来了，走出校门，她俯下身子，抱着我的头说："宝宝，对不起！"说着忙不迭地摸摸我的头发，心疼道，

"还疼吗?"

大人经常会表现得莫名其妙,我就原谅她吧。

终于进了正常的小学,可是,在这里,我就像掉入"魔窟"一样。

不管哪一科老师,对我都特别厌恶,他们有差不多的台词:"笨死算了。""怎么说多少遍你都不会懂。""回答呀,让你回答你听到没。"……

很多时候,我看到他们张牙舞爪的样子,更是惊恐!那些话语特别缥缈,飞来飞去,就是飞不到我的耳朵里!我只是知道他们生气,但总是不明白,他们为什么生气?

下课时,我有个习惯,每支笔、每块橡皮都要放到固定的地方。

同桌发现了,就跟其他同学说道:"快来看呀!你看他每一样东西都必须摆到同样的地方,每次下课十分钟,他都要干这同一样事情!"

有个调皮的同学抢过我的铅笔盒,把那些笔、橡皮,全部扔出来。

没办法,我就捡起来,再去整理。

可是,他又抢过来,又故意扔了一地。

我就再次去捡,再次去整理。他就取笑:"他是个傻子吧!"

其他同学就哄笑,然后他们发明一个好玩的游戏,拿着笔一边扔一边说:"小傻子,去取回来啊!"

我就自动地去取回来。这样的游戏，他们乐此不疲。

有一次，有个卷发女同学看到了，制止道："你们不能这么欺负人！快把铅笔盒还给他！"

调皮的男生问："怎么了，心疼了？你看他好看，想帮助他？他可是个傻子！"

卷发女生直接冲上前，想把铅笔盒抢过来。

那个男生不让抢，争来争去，调皮男生突然用力把卷发女孩推倒了。

我想起了神仙给我说过的话，他总是会帮助我的，换着不同的面目。看到那个摔倒的卷发女同学，我小心翼翼地扶她起来，问道："你是神仙吗？"

其他看热闹的男生忍不住哄笑："小傻子，他不是傻子是什么？！"

那个推倒卷发女同学的男生笑得最嚣张，我忍不住冲上前，跟他厮打起来。

这次打架很严重，我掉了一颗牙，而对方的额头、手臂被我抓破了好几处。

更严重的是，男孩的家长与其他家长联名要求学校开除我。他们说我情绪不受控制，让他们的孩子处于不安全的境地。

在众人面前，妈妈忍不住打我，并让我答应永远不会去攻击别人。

那些大人们还是不答应。

妈妈带着我跪下，跟他们求情："请给我们一次机会，真的，他再也不会出手打人了！"

校长也挺身而出，极力劝道："我们会加强老师监督，你们就再给孩子一次机会吧！"

在那一刻，我怀疑，校长是不是那个神仙呢？

7

其实，作为一个"傻子"，我也有我的烦恼与委屈，但教钢琴的小崔老师告诉我，如果有什么烦恼，就在音乐中发泄吧。

所以，无论多大的烦恼，只要弹弹钢琴，那些烦恼很容易就烟消云散了。

可能我是真的很喜欢音乐，虽然我弹得依然很差，依然过不了钢琴考级，但不影响我对钢琴的喜欢，我经常会一动不动地弹几个小时。

楼下的邻居已经渐渐习惯，也渐渐不会骂了，因为只要我一弹琴，她在楼下打牌运气就特别好，她甚至盼着我能多练习弹琴了。

我想，可能是神仙，已经跟她悄悄谈过了。

本来有我，已经让妈妈够头疼的了。最近又多了个女人，总是烦妈妈。

那个女人，堵在学校门口，劝妈妈赶紧跟爸爸离婚。别人都说，她是坏人。

可是，我看她也蛮可怜的，她是没有办法，才来骚扰妈妈的。

唉，大人的世界总是很无聊，干吗抢来抢去呢？

有一天，她把我叫到河边。我问她："你想做我的新妈妈吗？"

她问："那你愿意吗？"

我笑着说："我是傻子啊，别人躲我都还来不及。"

我把脚递给她："肖米教我系鞋带，天天教，天天教，我都学不会！"

她有些惊讶："看不出来啊，看你长得这么乖！"

我歪着头问她："你会每天给我系鞋带吗？"

她"哦"了一声，支支吾吾，没有回答。

我又问她："你会每天喂我饭吗？不然，我会弄得四处都是！"

她还是支支吾吾。

我又问她："那你会每天打扫房子吗？我在家里会随处大小便！"

看她回答不上来，我继续问她："你见过神仙吗？"

她摇摇头。

我严肃认真地告诉她："我经常能见到神仙的，神仙跟我是好朋友，他经常告诉我小秘密。"

她很好奇，问道："神仙告诉过你什么？"

我很谨慎地想了想，让她不要告诉别人："神仙说了，爸爸要是跟别人结婚，肯定会生个比我还傻的孩子。爸爸跟别的女人在一起，会出车祸的！"

最后这些，不全是我编的，因为外婆生气时都会骂："造孽哦，造孽多了生的孩子会更傻的！"

"造孽哦，造孽多了小心出门被车撞哟！"

……

后来，那个女人就再没出现了！

可是，很遗憾，爸爸后来真的出了车祸。

8

小崔老师对我特别有耐心。

除了教我钢琴，他每天还教我很多思维工具，帮我进行思维锻炼。

或许是因为弹钢琴，手指神经每天得到触碰锻炼，又或许是因为思维工具的锻炼，到了小学三年级时，我发现自己渐渐开窍了。

那些很难很难的数学题，我发现我竟然会做了。老师们发作业时，渐渐地不是像扔炸弹一样扔给我了，也会叫到我的名字，让我上去领取。

市里组织数学竞赛，老师不让我参加，说我会拉低班级平均分。

但小崔老师帮我偷偷报了名。他鼓励我："相信你自己，你可以的！"

很多时候，我觉得小崔老师是离我最近的神仙。神仙一定是以他的面目现身来帮我。

我知道小崔老师的秘密，他有些喜欢妈妈。

妈妈为我操碎了心，而爸爸又让她伤透了心，我觉得妈妈真的很不容易，值得有人好好疼惜她。如果小崔老师能跟她走到一起，我是不反对的。

偏偏爸爸出了车祸。

出于良心责任，妈妈每天照顾完我还要去照顾他，还要照顾他的公司，生生被逼成了女强人、女超人。

我跟妈妈说："如果换个爸爸，我是不介意的。"

可是妈妈却对我说："我对你总是有所求，希望你能成为某方面的天才，希望你出人头地。可是张小泉却说，即使你注定一事无成，你依然是他的儿子，需要他好好照顾。他可能不是个好老公，但他至少算是个称职的爸爸。"

怎么说呢？我只能求神仙，让爸爸快点好起来。

9

说老实话，我对成功真的不感兴趣。

我不知道为什么弹钢琴就一定要考钢琴十级，喜欢不就够了吗？我不知道为什么有这样那样的竞赛，为什么人人都想得第一？

可是妈妈喜欢啊。为了妈妈，我有时候也努力做些我不喜欢做的事情。

为了让别人开心，去做一些事，这些事就自动有了光，有了意义。

在接下来的一个月里，小崔老师每天都陪我做各种类型的习题。

不知道是小崔老师辅导得好，还是神仙偷偷帮了忙，正式竞赛的那天，我发现所有的题，我都会做。大部分恰巧是小崔老师教过的。

很幸运的，我获得了一等奖。

颁奖的那天，学校都沸腾了，老师们都不敢相信，同学们也不敢相信，妈妈更加不敢相信。在众人不相信的目光里，校长让我发表获奖感言。

虽然我学习慢慢开窍，但我还是不太习惯跟人沟通，更不习惯当众讲话。校长把话筒递给我，看到他，我想起他曾经做过我的神仙，心一下子定了下来。

有些话，就像神仙手把手教我一样，自动冒了出来。

"感恩校长把我留在学校，不然，可能街上就多了个讨饭吃的小傻子。很多同学还是叫我小傻子小傻子，可是我数学都获奖了，希望你们别叫我小傻子了！不然别人会笑话你们，怎么连小傻子都考不过……"

台下所有人都在笑，只有妈妈在笑着抹眼泪。

我仿佛看到神仙在微笑，在温柔等待，继续陪我同行。而有些旋律在自动响起：

我祈祷，

拥有一颗强大的心灵和会倾听的眼睛，

成为指路的星星，

与痛苦的灵魂，

一路同行。

【编者语】

本文由真实的故事改编，只是以小男孩的口吻写了出来。文中小男孩最终真的成了"天使"。这世上美好的灵魂是开启孩子智商和心门的钥匙。

心灵干净的人写出来的文字也干净。我很喜欢这篇文章，希望你们也喜欢。

沉渣泛起的爱情

六然 / 文

1

郭静和李培能走到一起，源自一个热线电话。

那还是 2006 年，郭静高一辍学，去省城打工，报纸上有单位招聘情感热线话务员。她初涉社会，人比较单纯，觉得话务员的工作洋气，就去应聘了。

老板说这个工作简单，上手快，培训一天就上岗，包吃住，多劳多得。上岗之后，她才发现工作没那么简单。这种感情热线和电台热线不是一回事。

单位有十几个女同事，年龄大小不一。三室一厅的房子，阳台上都是七缠八绕的电话线，每人一两台电话机。打电话的都是一些无聊男人，说话粗鄙下流。

白天电话不多，晚上电话却总被打爆。

郭静第一次接电话，什么也不懂，被一个男的骂了一顿。

她想辞职，但老板不退二百块钱的押金。那是她当时的全部家当。

她就学那些女同事，硬着头皮去接电话。她开始很纳闷，看着那些女同事在电话里情意绵绵，其实好几个都是家庭主妇，下了班，又是洗衣煮饭，又是接送孩子，贤惠得很。

时间长了，她也觉得没有什么，不就是打个电话嘛。慢慢地，她也就有了自己的"客户"。郭静的艺名叫米雪，很多"客户"打电话专门找米雪。

那些年在城市，这样的情感热线很火，广告都是登在都市报的中缝里，字眼撩人。

老板为防止"客户"流失，经常开展"业务"讨论，定期更新沟通方式。员工内部也有竞争，每天都有业绩考核，每个月都会评"优秀"。

"客户"用固定电话打得少，多数是用小灵通、手机。"客户"打一分钟，费用是一块两毛钱。郭静她们一分钟提成一毛钱。而且她们的提成是在通话五分钟后计费的。

来了"客户"，不管他们说什么，一定要拖到五分钟之后。而后尽量增加每个电话的时长，只有这样才能赚钱。

"客户"形色各异。有些男人不给孩子交学费，有些男人醉酒后拨打电话，有些男人说自己用的是捡的手机。他们沉迷其中不能自拔。

真正让郭静成了"业务冠军"的还是那个叫李培的男人，

他是这些人中的一股清流。

2

李培刚刚大学毕业，在一家保险公司做职员。他每天的任务就是给客户打电话。每天晚上下班后，他偷偷溜进公司，然后开始打热线找郭静。

他们的通话时间从一个小时，慢慢地增加到五六个小时。有时候甚至从傍晚打到凌晨一两点。郭静下班了，他还意犹未尽。

李培不聊乱七八糟的事情，他跟郭静聊足球。郭静是个球盲。第一天都是李培在讲，好像对牛弹琴。李培好像只需要有人陪伴他就行。

按郭静的经验，这样的"客户"，一般打上两三次，心里的忧虑愁绪发泄完就不再来了。

但李培不，他天天来。李培说，郭静的声音比电视台主持人的还好听。郭静不懂球，只能拿着报纸念。

老板告诉郭静，一定要黏住这个人，让她没事多看看足球的报道。郭静也用心，竟然背下了世界杯三十二个参赛国家的名字。齐达内、卡卡、加图索等明星球员，她是如数家珍。

郭静每天看足球报纸和足球杂志。她这抄一段，那看一段，晚上讲给李培听。就这样生生地将一个感情热线搞成了足球专线。

老板给郭静想了个增收的办法。他说这个李培已经上钩了，你可以暂时搁下他。老板建议郭静趁他这"热恋"的劲儿，去发展新的"客户"。

老板的话有道理。不然世界杯一结束，他不再打电话了，得有新"客户"续上时间。不能在一棵树上吊死，要不然到时候业绩很难看。

郭静那段时间常说，李培，我累了，想眯一会儿，你别挂电话。李培总是说，我不挂电话，你睡完咱们再说。这个当口，郭静就开始接别的"客户"的电话。这一下就挣两份钱。

郭静心里不安，觉得这样太损了。人家在那边花着钱等着你，你不但没睡觉，还去接别的"客户"的电话。但是看同事都这样干，她也变得心安理得。

这就是吃着碗里的，还望着锅里的。

有个同事更狠，她一次跟四个人聊天。她跟A"客户"说我去贴个面膜；跟B"客户"说我去洗个澡；跟C"客户"说我去换件衣服。这三个"客户"都不挂电话，她接着跟第四个"客户"打电话。

李培拿出来的是哄女朋友的精神。郭静的声音里仿佛有钩子，勾得李培魂不守舍的。

世界杯过后，李培没有跑。他开始跟郭静谈起了"恋爱"。说是恋爱，就是虚拟世界里的恩爱。郭静是逢场作戏，李培是一往情深。

李培说他是大学生，郭静不信。李培把身份证号、学籍号告诉她。对于聊天，公司有规定，客人不说的，话务员不要打听。

李培在一家保险公司卖理财产品。白天打了一天电话，晚上还要跟郭静聊到半夜。李培公司的话费都是后付费，所以开始谁也没发现这个事情。

有时候郭静不愿意接他的电话。你想一分钟一块两毛钱，天天这么打，最后得捅多大一个窟窿。李培一个月给公司"贡献"好几千元的话费。

时间久了，她又觉得哪天李培不打电话，心里就很空虚。郭静有时候也想，要是现实中真有这么一个人对自己这么好，她何必对着一根电话线缠绵悱恻？

她也是无奈，她辍学出来，自谋生路，和同村的一个姑娘去过电子厂，那个厂长色眯眯不怀好意。她又去某饭店当服务员，后厨打破了老板的头，店里关门，她一分钱没拿到。

像李培这样真心实意对她好的，外人里还是第一个。这虚拟的感情就像火树银花，一到夜里，噼里啪啦乱响。

郭静知道，像这种打电话的"客户"，一般打上一两个月就不再打了。话费太高，谁也承受不了。

有些人明知道话费高，奈何电话那头有二八佳人，柔情蜜语。小灵通、手机是后付费的，很多套餐有陷阱。一时欢愉，等到巨额话费单送到眼前，这些人才大梦初醒。

那段时间，李培已经成了公司的头号"客户"。郭静当了两个月的"优秀员工"。

三个月后，郭静再也接不到李培的电话了。

3

时间长了郭静撑不住劲了。

老板禁止话务员主动联系"客户"，怕他们一来二去，私下联络起来，把公司的活截和了。但其实也有个别联系的，只是谈恋爱的没有。

郭静鼓起勇气拨通了李培公司的电话。

接电话的是一个中年妇女，她问郭静是谁。郭静说是李培的一个朋友。

"女朋友吗？"

"不是，是普通朋友。"郭静随后补充说，"李培没来上班吗最近？"

"上班，让老板打断了肋骨！"

"因为什么啊？"

"你到底是谁啊，问这么多？"

还没等郭静说话，对方已经开始骂起来了。

"那臭女人可把小李害惨了，小李这段时间电话费花了一万多块钱。现在住院了，他家里又没钱，老板还要起诉他呢。

"你说说那些什么情感热线，是吸血鬼吧。

"那个话务员还说是跟他谈恋爱，都是为了骗他的钱。"

郭静挂了电话。她再也不愿意听下去了。

仿佛一盆凉水泼在头上，郭静浑身发冷。郭静请了一天假，那是她上班之后第一次请假。她鬼使神差地想去看看李培，但是又觉得不现实。

她想到李培下场这么惨，又想到自己拿工资时的心满意足，心里五味杂陈。

单位里那些话务员同事，除了几个年轻点的，大部分都是"老弱病残"。这些女人中，好几个都快四十了，还整天装清纯。

生意最好的同事竟然是那个胖胖的满脸有黄褐斑的女人。说来也稀奇，长得不好看，说话声音却好听，温柔缠绵，让无数男人误以为进入温柔乡。

这些男人也活该。他们有钱，他们不打热线，现实中也整天瞎搞。但是像李培这样用情的人，没有。

她甚至有点责备他："你说你打个电话玩玩，你认什么真啊？"想到这些，她开始厌恶这份工作。再轮到自己打电话，她心里就像犯了胃病一样往外涌出酸水。

在第三个月拿到工资和押金之后，郭静就辞职了。她去商场找了个导购员的工作。虽然很辛苦，但是心里很踏实。

她不想在自己妙龄芳华的时候，活在虚伪的空壳里。她不能让那根细细的电话线勒紧自己的脖子，陷入一种好逸恶劳的境遇。她不想再出卖自己的良心。

4

李培在现实中找到郭静，是在大半年之后的一个傍晚。

李培伤好了，他开始打电话找郭静。知道郭静离职后，大为着急。他挨个问那些话务员，没有人愿意告诉他郭静的联系方式。大家都以为他要报复郭静。

郭静的师父告诉他，郭静走了之后跟所有人都断了联系。李培告诉郭静的师父，自己不是恨郭静，而是感谢她。他能从之前那段泥淖中走出来，就是因为郭静的耐心。

那时候，他大学谈了四年的女朋友跟他分手，领着新男友出现在他面前。他情绪低沉，满心绝望。现在好多了，他已经在另外一家公司好好上班了。他上了半年班，还上之前欠公司的话费。

他只是想见见郭静，没有别的意思。

郭静的师父说，郭静在实验二小东边小区住。具体哪栋楼，哪个单元，她也不知道。

李培就开始在那个路口等着郭静。他手里有一张郭静模糊的照片。他天天坐在肯德基门口等。有一天下雨，一个女孩跑进来，她撑着一把商场的伞。

这个女孩要了一点吃的。他听声音，像是郭静。郭静吓了一大跳，看着他长得还行，说话也正常，两个人就聊了一会儿。

郭静走的时候，他说他不恨郭静。如果不是郭静整天陪着他，他可能早就想不开了。

他希望郭静能做他的女朋友，郭静没有同意，但是两个人一直在联系。

郭静对他的看法发生改变，是他们一起去看球。刚到球场，郭静觉得这是一群疯子。不过她看到李培大喊大叫的很开心。

时间长了，李培常带着她看球。她心里有什么烦闷的事情，一喊也就痛快了。

两个人相处久了，郭静发现李培爱运动，足球、篮球都擅长，而且身边还有几个不错的朋友，不像当初打电话时那个病恹恹的李培。李培工作也认真，干事还有点狠劲。

李培也发现郭静不像当话务员时柔情蜜意。她脾气大，说不准为什么事情就发一顿火。她常常去逛街，爱捯饬，做事情比较认真，有点洁癖，跟平常女孩没有什么区别。

时间长了，两个人走到了一起。结婚的时候，李培写了一段话："在那些月色迷蒙的夜晚，我们曾经走在泥沙俱下、沉渣泛起的人生暗河之中，庆幸我们都从河底走了出来，走到了阳光下。"

【编者语】

"我们曾经走在泥沙俱下、沉渣泛起的人生暗河之中，庆幸我们都从河底走了出来，走到了阳光下。"这篇文里的爱情很特别，却同样值得祝福。希望每一个身陷泥潭的人，都能像本文主角一样，有走到阳光下的机会和勇气。

篇章二

人生与选择

女 贼

涅槃 / 文

1

哐当一声，高大厚重的铁门被缓缓打开，我站在中央。外面的树叶纷乱飘着，街道空无一人。

天已入秋，拂面的风有了些凉意。我将衣服拉链合上，接过狱警递过来的包袱，这就是我的全部家当：几件洗过多次的衣服、一条毛巾和一把牙刷。

我被关了整整三年，这一天，刑满释放。三年前，我入室偷窃，按数额论本来要判六年，可因为那时我还没满十六岁，只判了三年。我年纪虽小，但"资历"不浅。六岁那年，父亲将我扔给了人贩子张大炮，从此以后家里每年能收到上千块的"租金"，还不用管我吃喝。从那时起，我就被张大炮教唆着去偷东西。

我知道张大炮用的是假名，干这行的人不会轻易把真名示人。他教了我许多行窃的技巧。

当张大炮在我父母面前表演完他那精湛的技术后，说："把孩子交给我，这些她都能学会，还怕日后捞不到饭吃？虽然上不了台面，但总比窝在山沟沟里从土里刨食强吧。再说，家里这么多娃娃，拣重要的留着就行啦，我每年给你们的租金就抵得过全家的口粮了。"

我家在西南的大山里，全村几百口人，守着水田和山地生活。我父母有六个孩子，两个男孩，四个女孩，我排行老三。为省事，父亲取名从一到六数，所以，我叫张三妹。

土得掉渣的名字。

由于是女儿身，父母把我丢给了张大炮，然后听说他们又陆续把我几个姐妹"租"给了别人。靠着这些收入，哥哥和弟弟应该可以过得挺好了，但我早已不再关心这些。

刚开始的时候，我会想家，渐渐地，我忘了家乡的模样，跟着张大炮在全国各地奔走，见了许多人，做了许多事，也被抓住无数次。

因为我年纪太小，关几天就被放了，警察问我家在哪儿，父母是谁，让他们领我回去好好教育。每次我只会把张大炮的联系方式告诉他们，然后又继续出去偷。小女孩，没几个人会提防。

在这个"行当"里摸爬近十年，我也算是"老手"了，练就了一手开锁的本事，很难遇到我开不了的锁。我的胆子越来越大，已经不屑于盯着超市里那些生活日用品了，我开始入户盗窃，数额一次比一次大。

张大炮原本也算得上我的半个依靠。谁想他不仅长着颗贼心，见我长大竟起了色心。在一个晚上，张大炮强行把我推倒在床，混乱中我把他的头砸出血逃了出来，从此独自一人到处晃荡，寻找下手机会。

我在这条不归路上不断向前滑行，遇的事多了，我"成熟"得飞快，早已没有这个年纪该有的天真烂漫。

直到那一天。

当时我已经连续在数个小区成功入室盗窃了好几起，收获颇丰，本想再做一单便收手出去旅游，结果被警察抓住送进监狱，从此开始了我的牢狱生活。

2

我站在路中央深呼吸，是自由的味道，一切又将重新开始。

在路边等了一会儿，我挤上一辆公交车。出来时狱警给了我一些路费，我全扔进车上的钱箱子里，司机连说了几句"姑娘放多了"。我没搭理，此时我正在享受自由的感觉。

我找到以前欠我钱的一个同行，他故作惊喜地说："你出来啦，又可以大显身手了。"我笑了笑，接过他手中的钱，没有回他。

我在一栋民房租了个房间安顿下来，开始思考今后要干什么。突然想起出狱前几天那个女警官跟我说的话——现在你已经成年，出去后不要再走老路。再做犯法的事，就要负全责，你还这么年轻，找个正经事做，好好生活。

可我除了偷，什么也不会。

其实打心底里我也讨厌去偷东西。

小时候不明不白远离家人，被一个陌生人用鞭子抽着去偷店铺里的包子，大一点被指挥着去超市偷毛巾和香皂，数次进出公安局、劳教所。我觉得每个人看我的眼神都是怪异的，在他们眼里，我就是个怪胎吧。

我也想走正路，想有朋友，有个能说知心话的人，能大声笑，能大声庆祝自己努力得来的成果，能有家人关心，可是我什么也没有。

思来想去弄得我头晕，迷迷糊糊睡着了，醒来已是中午时分，肚子饿了，我打电话叫了外卖。

不一会儿，有人敲门。门前站着一个穿橘黄色外衣的男孩，个头挺高，长相清秀，眼神看着挺憨厚。他冲我微微一笑，把饭递给我，又仿佛有点不好意思地偏了偏头。

我反应过来自己正穿着睡衣。"真是个憨瓜"，我在心里笑骂一句，接了过来。

之后几天我一直待在屋里不愿意出去。说来也巧，每次点外卖，送餐的都是那个穿橘黄色衣服的小哥，原来他就住我楼下，送餐也就跑附近的几个小区。

渐渐地，我们熟悉起来，他叫小龙，比我大两岁，我跟他说自己是刚毕业出来找工作的小姑娘。

我和小龙成了朋友，他开始每天定时给我送饭，连早餐也强迫我按时起床吃。他细心又体贴，只要我不说，从来不会多问一句。

感情这东西，有时像种子那样悄无声息，直到有一天你发现种子长出了新芽，又抽了枝，才明白春风早已吹遍了整个世界。

而我就是这样后知后觉地发现，对小龙的喜欢，从心底不断地冒出来，像趵突泉的水，不停翻滚。

3

小龙的出现就像一束光，把我整个人都照亮了。我开始按时起床，收拾屋子，学着做饭，甚至还想去外面找一份工作。重操旧业的想法被我深深埋了起来，狠狠踩上几脚，再盖上双层木板，上了两把大锁。

那一天，我学着煮了第一碗面，推到坐在桌对面刚下班的小龙面前，热气贴着他的面颊盈盈而上，他微笑着把面吃完，直夸我进步很大。

我们聊了许多，听着小龙聊过去，谈未来，我准备向小龙表白。都说女孩子要矜持一些，但我不在乎这个。可还没来得及说出口，小龙的一句话让我打了退堂鼓。

当我们在讨论日后会找一个什么样的人相伴终老时，小龙说要找一个单纯善良的女孩子，不求大富大贵，平淡幸福就好。

我的心像被拴上了铁块飞速下坠，"单纯善良"好像从我六岁之后就已经不复存在了，这么多年游走在黑暗之中，被深渊包裹，如今连追求爱情都变得奢侈。

我把蹿到嗓子眼的话又咽了回去。那一晚，我抽完了一整包烟。

记得在监狱里时，会定期安排一些人来给我们讲课，他们常说这样一句话："浪子回头金不换。"当时我不明白，回头很难吗？只要不干坏事就行了。

直到今天，我才真正明白这其中的含义。当我想放下时，那些过往却像一把枷锁，让我寸步难行。

我跑去人才市场找工作，人家问我要简历，我都不知道那是什么东西；问我会什么，我好像什么也不会。偌大的人才市场，人头攒动，我却感到无比孤单。

4

天气越来越冷，我缩在房间里不吃不喝，不想动弹，就躺床上不停地抽烟，烟雾充满了整个屋子，从开了一条小缝的窗户处喷薄而出。

小龙敲门我也不开。我听见他"咚咚咚"下楼的脚步声，心里泛起一股酸涩。没两分钟，突然"轰"的一声，门被踹开了，小龙一头冲进来。

"我……我看见窗子冒烟，以为你这里着火了……"

我知道我的样子看上去一定很糟糕，披头散发，半根烟还夹在指尖。他很明显被我吓着了，急急地问我怎么了。我心里有许多话要说，但又觉得没必要说，我原本的样子就是这样啊，那些所谓美好都是假装出来的，就像玻璃瓶，一碰就碎。

我多希望能像电影里演的那样，穿越时空回到过去，把我的人生重新来过，将犯下的错统统擦掉，回到我年少的童年，可以像许多人那样堂堂正正地拥有快乐，在白纸上描绘光明的未来。

甚至，我可以选择出身。

但这是不可能的，没有人能重回过去。我没上过学，识得不多的字也是张大炮教的，在狱中也试着学习，但静不下心。我的童年没有玩具和糖果，只有鞭子和永无休止的漫骂。

小龙见我这样不放心，就守着，可他的工作不允许他长时间闲着，手机里订单的提示音响个不停，小龙左右为难。我叫他去忙，不用担心，我不会做傻事，他这才急急忙忙跑下楼去送单。

5

在家里待烦了，我坐着公交车在这个城市里瞎逛，投两块钱就坐到终点站。转了几趟后，肚子又叫了起来，这次饿得胃有点痛了，我走到街对面的一家小饭馆去吃饭。

还没到饭点，小饭馆里很冷清，服务员见我进来，大概以为我是送货的，都不理我，继续在那儿闲聊天。

我敲了敲桌子，说要吃饭，这时一个胖乎乎的女服务员赶忙跑过来递上一张菜单说："请问你想吃点什么？"

我抬头去接菜单，看服务员有点眼熟，又想不起是谁，正寻思着，对方一拍我肩膀大叫起来："你是三妹？"

我点点头。

"我是阿莉啊，还记得我不？"

阿莉是我在狱中认识的朋友，比我大一岁，半年前就出狱了。

在她小时候她父亲跟小三跑了，母亲整天拿她和弟弟出气。阿莉刚上完初一就出来"混"社会，打架、抽烟、喝酒，样样精通，是他们那片小区的"大姐大"。

在一次打群架的时候，阿莉把一个人的眼睛弄瞎了，对方家长上门要赔偿，阿莉母亲双手一摊，一分钱没有。就这样，阿莉被送进监狱。

我刚进监狱的时候，许多人欺负我，阿莉看不惯就帮我，在那个封闭的空间里我们成了好姐妹，无话不谈。不过自从她出来后，我们就断了联系。

一晃大半年没见，阿莉长胖了。我递给她一支烟，她不抽，倒上一杯酒，她不喝。都戒了。我感叹她的变化之大，她指了指厨房的方向跟我说："我跟厨师阿东谈恋爱了，明年准备结婚，他叫我改掉坏毛病，这样身体才健康，为以后生孩子做准备。"

我见她一脸幸福的模样心中不免羡慕，也为她高兴。此时店里不忙，阿莉陪着我边吃边聊。

她从里到外整个人都变了，没有了以前的凶狠劲儿，以前骂人的口头禅也不见了，全身散发着浓浓的烟火气，像一笼刚出锅的包子，热气腾腾，给人一种富足感，很踏实。

我也想拥有如她这般的热气腾腾，便把心中的苦闷一股脑儿全倒了出来。除了她，我不知向谁倾诉。

阿莉听我讲完，握着我的手说："三妹，刚出来时，我和你一样，觉得自己什么也不会，家不想回，学校也不再收我，晃晃荡荡过了几天。可人要吃饭，我们起码还有一双健全的手，还年轻，为什么就不能从头开始呢？只要肯出力肯吃苦，现在这世道还能饿死人？

"我们都有不幸的童年，也犯了错，但我们还有改过自新的机会。你看我们还这么年轻，还有那么多时间可以好好活，为什么不选择活得有底气有尊严呢？"

阿莉说到动情处，眼里闪着光，我打趣地问："你什么时候学得这么会开导人了？"

她望着厨房的方向，脸上泛起红光，那副样子，就仿佛她的圆满人生正在那里铺展开来。

这次巧遇让我心生激荡，心中那盏快熄灭的小火烛又燃烧起来，比以往都更热烈。临近中午，小饭店里开始人头涌动，阿莉要忙，我们互留了电话，相约以后常联系。

6

吃饱喝足，我漫无目的地去散步，不知不觉走到了汽车站。人们各自忙碌着，行色匆匆。路边有位老人带着一个小女孩蹲在水果摊前买东西，穿着讲究。

小女孩一会儿指这儿，一会儿指那儿，挑选自己想吃的水果，老人笑着一个个去拿。这种事我这辈子都没经历过，我痴痴地看着。突然，有个瘦高的男人凑到老人身边，手中刀片一晃便划破老人左侧口袋，露出钱包。瘦高男人用镊子一夹便把老人的钱包取了出来。

整个过程老人毫无察觉。看这手法，这贼是个"新手"，以我的技巧，根本不用划破口袋就可以做到。

我想提醒那个老人，但我明白在车站这样人流量大的地方下手的人肯定有同伙，到时候我会很吃亏。

瘦高男人得手后有些紧张，将钱包放进上衣口袋便迅速走开，我迎面过去，假装不小心跟他撞了一下，然后迅速地将钱包偷回来。

当我经过那个老人身边，正要把钱包放回去时，对面不远处两个男人往我这边疾步跑来。直觉告诉我，他们是警察。我心中"咯噔"一响，这下完了，虽然没干坏事，但这事也难说清楚，抓住就得再去蹲监狱。

我想跑，但双脚像钉在地上一样，动弹不得，手心开始出汗，身后那个瘦高男人已经被按住，旁边一下子多了许多警察，散在四周的那些扒手纷纷落网。

我怔怔地待在原地，看着那些警察将扒手们押上车，却没有人来抓我。

此时一个中年男人走过来，后面跟了几个人，看样子应该是本次围剿行动的指挥官。

我伸出双手等着被铐，但对方摇了摇头，他微笑着说："我一直在看现场监控，你不是小偷，反而还做了好事，看你的手法倒是很纯熟，介意跟我说说你的情况吗？"

我一瞬间泪流满面。

7

我跟警察讲了我的身世，也讲了我改过自新的决心，警察很高兴，让我做他们的"线人"。我答应了。

以我多年养成的直觉，一个人是不是贼，我一看便知，我一定能把这个事情做好。我把这次机遇当成一架梯子，一架往上攀爬的梯子。

第二天，我把头发剪短，执意跟着小龙出去跑外卖。他以为我吃不了这份苦，但之后我每天送的单比他还多。我知道什么是真正的苦，我早已经历过。

生活像是一条抛物线，有时我们在顶点，有时我们在谷底，有时我们需要攀爬，有时我们需要学会俯冲。当你暂时处于谷底，要做的不是怨天尤人，而是积蓄力量，为即将到来的攀登做好准备。

我已经做好了这样的准备。无论前面迎接我的是什么，都好过十年行窃给我造成的梦魇。也许我会像阿莉那样，得偿所愿，能与小龙在一起。也许依然还是孤身一人，但这又有什么关系呢?

有人说："人生一定会遇到那个对的人。"我以为不一定。像小龙那样有所期待，这就够了。

【编者语】

我很喜欢这篇文的主角，她像是长在瓦片下的花，在黑暗中摸索着发芽。看不见阳光的时候可能会走错方向，一旦窥见一点光，她就愿意用尽全身力气，执着向阳。

刮 眼

南朵 / 文

1

新二街的喧闹从早六点开始。

路不宽，每天人却很多。

街道两旁都是驻家商贩，地上摆满了定点基地及时供应的货物——刚从地里拔出来的白菜和菠菜，还带着晶莹的露珠；红澄澄的干辣椒、麻味蹿鼻的青花椒依次铺满干货调料摊；案台上的猪肉、牛排细腻诱人；盛满水的盆子里游着各种各样的大鱼，让人眼花缭乱。

这是个城中村菜市。

市场外是城区的车水马龙，几座电梯公寓之间还有这样一处市井之地，周围居民也乐得其所。

小惠的剃刀刮眼店和青由的麻将铺在这条路中间的拐弯

处面对面站着。

他们不着急这么早开门，这个时候，都还在梦乡里，呼呼大睡。

2

青由的麻将铺在新二街上算是老店。

商贩们下午两三点后是空闲时间，会约上几个左邻右舍，留着自家婆娘媳妇看摊，一人花上十元茶水钱来这个简陋的麻将铺搓上两三个小时。

青由长得瘦精精，喜欢穿紧身裤，坐铺子门口抖着麻秆儿似的双腿招呼来往客人，一双不大的眼睛来回扫着路过的行人。

瞅着有人好奇朝麻将馆里探头时，他便扬起声"哥老倌、嬢嬢，进来耍两盘哇？三缺一哦"。

市场的老商户打趣道："青由，你这招呼和红红店有得一拼哦！"

"啊，呸！"青由气恼地抠着下巴那冒出的胡茬。

红红店就是对面小惠刮眼店的前身。

那家店一到晚上就亮起红色的暧昧灯光。到了秋冬，几个女人亮着白晃晃的大腿，开个小太阳取暖，搔首弄姿地坐在正对大门的沙发上。

这儿的人们习惯把这种小店称为红红店。

青由过去在农村老家时有个相好，相好嬢当时还在家务农的青由穷，和一帮姐妹出去打工后提出了分手，听同村的人说便是在外面干着这个行当。

青由从心里愤恨这些女人，有时候麻将铺生意不好就朝着对面骂骂咧咧。

他攒着劲儿挣钱，每天守着麻将铺子到半夜，咋能让这些苟且营生的坏了风水！

每次瞄着有男人进去，估摸着正在"干坏事"，青由便掐着时间拨打辖区派出所电话，一报一个准，气得那几个女人指桑骂槐也没办法。生意越来越不好做，便搬离了这个地方。

小惠接手这个店时，挂了个招牌——"刮眼"。

3

青由坐在麻将馆门口，抖着麻秆儿腿，喝着花茶，饶有兴趣地看着街对面一个忙活的女人。

小惠把店里原有的旧家具都喊收废品的人拉走了，在墙上装了面镜子，拉进来两张美发椅，把工具整整齐齐地放在镜前柜上。

亮起白晃晃的灯。

刮眼？这倒是一个不多见的生计。

青由来小惠店门口张望着。

"你好，老板，传统手艺，试下不？"小惠认出了这是对面开麻将铺的男人。

"能不能打点折？"青由花每一分钱都心疼。

"没问题，才开张，你觉得好，就多给你们客人介绍下。"小惠不施粉黛，也有几分娇俏。

放平了美发椅，用热毛巾热敷了青由整张脸，让皮肤毛孔打开，用牙刷给胡须部位刷上肥皂泡，小惠先开始刮胡子。

镜前柜上梳子、刮刀、背刀布等工具一字放着，"啪啪啪"，小惠熟练地在背刀布上背几下刮面刀。

她根据下巴不同部位调整刀锋和皮肤的接触角度、力度，剃好一小块区域以后还会用手指抹一遍确认是否顺滑。

青由半躺着，刚好以最佳角度看到了小惠的一双大眼，小惠略微冰凉的手指在他下巴游动时，他闻到了这个女人身上的一股清香。

擦干剃刀，开始刮眼。

小惠让青由闭上眼，拿着剃刀来回在他的眼皮上轻轻刮动。

刮完外眼皮，小慧用左手翻开青由的眼睑，右手将剃刀探入眼内，手腕犹如蜜蜂振翅般轻轻颤动，剃刀就在上下眼睑上不停刮动。

小惠轻声告诉青由别紧张，刮眼实际上并不是真用刀锋刮，而是用刀身轻轻触碰、按摩眼睑上的穴道。

约莫两分钟，两只眼都刮完了。青由两眼微红，一行泪水流了下来。

他连声称："一点也不痛呢，只是有点害怕，感觉就像触电。"

青由从内到外浑身通畅。

他加了小惠微信，转了三十元，算是半价。

青由也没在店里多作停留。

4

小惠这是和她死去的前夫学的手艺。

那时两人都还在镇上，前夫开了个理发店，因为有祖传的这门手艺，除了做些大姑娘小媳妇的洗剪吹，还给老爷们刮眼剃头，他家的生意比别家都要好。

男人命短，出了车祸，小惠拿了小二十万赔偿。

镇上是不能待了，大家都说她克夫，又经常有不怀好意的男人在门口转悠，名声还是很重要。

这个小店坐落在城区，因在菜市场内，租金又不高，来往的人流量又大，红红店撤走后，小惠盘下了它。

这些，都是青由打听到的。

青由认为这个女人的日子应该好过，手上攥着那么多钱哪！

来新二街买东西的人都对这个新招牌很好奇，小惠的店逐渐也有了回头生意。

退休的李处长就经常来光顾。

一天路过，他瞥见"刮眼"两字，拎着袋蔬菜瓜果就进了店。

"你这就是那种拿刀来刮眼的？"李处长惊喜地说。

"我几十年前下放在安县乡下当知青那会儿,有很多这种手艺人。"他把干这行的喊作手艺人,让小惠多了点荣誉感。

"嗯,大哥,我就是安县人。"

"来来来,我今天再来体验下。"

小惠依旧先刮完脸,开始刮眼。

小惠用力均匀,抖动频率又快又准,李处长闭目很享受。

"感觉就像触电一样,又麻又痒,好像全身的血液都在往那里流。这一刮完感觉全身一下子放松了,挺提神的。"

李处长睁开眼睛,对着镜子,哈哈笑道。

"其实这个传统手艺还有一项叫刀锋洗眼,我还没那个本领。"小惠有点不好意思。

"很好了,很好了,我和几个战友开了个老干部活动私人会所,有很多养生服务,但就是没这个项目,我改天把那帮老战友喊来。"李处长很满意。

再来时,李处长真的带了一个和他差不多年纪的老人,都对现在还有年轻人能有这手艺赞不绝口。

几个人摆着龙门阵,也了解到小惠的身世,李处长宽慰着:"小惠啊,我也是没了老伴,儿子又在国外,人还是要往前看哦。"

小惠被提起旧事,忍着眼泪,好在靠着这门手艺能养活自己!

5

小惠的店虽然每天人来人往，但收费便宜，除去房租水电和生活开支，也没有多余钱能存。

这也是青由暗地里掐着手指算出来的。

天凉了，小惠那儿到了晚上就没什么生意。

她在店里拉了块帘子，安了张行军床，没事就刷手机，生活平淡也单调。

青由来了个微信："会打牌不？这边三缺一。"

小惠和青由及另外两个麻客凑成一桌，反正也没其他娱乐活动，打发时间也好。

打得不大，小惠手气好，一铲三也赢了一百多。

青由输了钱也还乐："该你赢，该你赢。"

麻客们打趣道："青由这小子，平时输个上十块都要闹麻了，今天看见美女就反常。"

"老子只服凭本事吃饭的人，咋了？"青由盯着小惠嘿嘿笑。

这没有来头的恭维，让小惠的心慌了下，散了就急忙跑回店里。

青由的微信开始多了起来。

絮叨着这条街上哪家肥肠粉好吃，哪家猪肉买不得，哪家水果几点去买最便宜。

有时也会提着半袋子猕猴桃，一碗毛血旺，放在小惠店里的镜面柜上。

左邻右舍都说："没婚没嫁的两人，也倒挺配哪！"

小惠腆红了脸，没事的时候也瞄着对门，知道那边随时有双眼睛也张望着自己。

她才来这个地方没多久，对自己的未来还没想清楚到底要怎么过，也还没考虑过这么快就要再找个男人。

但是，女人独自在外谋生计，还真不容易。

一次天将黑时，一个矮胖的男人猫了进来。看见小惠，噫！咋换人了？不过这个好像更不错，说着就上来动手动脚。

小惠连忙解释这不是原来那个店。矮胖男人酒味蹿鼻，强行将小惠往行军床上推，小惠急忙中拨了青由的电话。

青由赶来忙拉开了男人："大哥，你误会了，这是我婆娘，原来那家都搬走了哦！"

矮胖男人看到青由紧紧搂住小惠，将信将疑地离开。

小惠在推揉中头发散开了，外衣被扯掉了几颗扣子，起伏的胸部顶得青由胸腔一颤一颤。

青由的呼吸急促了起来，怀里的女人点点泪光惹人怜爱，他受了惊吓半天没回过神。

万籁俱寂，两人对视了一会儿，像是荒原里并行的两只野兽，呼吸间相似的气体和奔腾的血液在呐喊咆哮。一切繁杂荡然无存，存在的只有两个躯体本身。小惠被青由啃食着。

这些年那些流放的苦，得了一点蜜也足够甜。

6

小惠依偎着身边这个不伟岸但也有温度的躯体，自己是个结过婚又死过男人的女人，青由还是个小伙子呢！

她觉得有点对不住这个男人。

青由说，小惠，我们要多挣点钱，在这个城市买房生娃。

青由说，小惠，我们要节约开支，平时都不能大手大脚花钱了。

青由说，我这几年多少也存了点，你那有多少，要不我们先买个二手小房子，付个首付。

小惠笑着应答，这城里的房子那是天价啊！你要买房啊，太好了！

小惠拿出张银行卡，说："赔偿的钱被原来男人的爹妈分走了一大半，剩下的又给老家翻修屋子了，这儿有差不多三万，加上你的，够吗？"

青由吞了口唾沫，悻悻地推回小惠的手。

"那个李处长咋经常来找你哪？"青由换了话题。

"李处长不是孤身一人嘛，子女又在国外，他在我们农村那儿下放过。"

"那个老头是不是看上你了哦？"

小惠捶捶青由："他就是孤单，找我摆龙门阵，你想哪儿去了？"

"嘿嘿，孤单？你喊他和你一起来打牌嘛！"

"切，人家愿意来你这打牌哦，小铺子！"

李处长下次真带着个老战友，跟着小惠来到青由的麻将铺子。

青由不敢怠慢这位客人，还专门辟了个包间，打扫干净，添上蔬果瓜子。

青由的嘴巴甜，在牌桌上说着笑话，大哥二哥喊不停，逗得两个老人哈哈大笑，日子打发得愉快，输点钱也不恼。

7

小惠说，总赢老人家钱不好，心里过意不去呢，还是别打了！

青由告诉小惠，这种退休下来的老干部手头宽裕着呢！特别是这种没老伴，子女又不在身边的。

小惠白了他一眼："人家再有钱，和我们有什么关系！"

青由叹了口气："像我们这样，何时才能在这个地方落下脚！"

他搂着小惠："我还是想给你好一点的生活条件嘛！"

李处长也是真关照小惠，在小店办了个贵宾卡，一次充了几千元，经常带一帮战友们来做刮眼，大家都说好是好，就是店小了点，人手又少。

李处长介绍说是他老家侄女的店，让大家多来照顾。

小惠对青由说："这可不是欠了李处长一个大人情嘛！"

青由若有所思地说："这种老干部看来很在乎面子呢，还说你是他侄女，是怕别人说闲话。"

小惠看着青由游离的眼神，长长地叹了口气。

青由说你请李处长喝个茶吧。我给你们在会所订个包间，没人打扰也安静。

这对他来说是下了血本。

青由搓搓手："你可得好好表现啊，这个包间很贵的！"

约好李处长这天，小惠若有所思地拿出化妆包，给自己化了点淡妆，面对镜子里有点妩媚的自己，冲青由比了个"OK"。

青由把小惠带到会所包间门口，自己离开了。

不一会儿，包间里传来李处长爽朗的笑声。

在门口抽了几支烟，青由破门而入，手里拿着个手机，刚要拍照，愣住了。

小惠和李处长面对面坐在靠窗的长椅上，茶几上摆着几张A4纸，类似合同之类。

小惠笔挺挺地坐着，穿着合身的套装，脸上端着镇定的笑容。

"青由啊，你来得正好，我和小惠谈好了，她答应来我们老干部私人会所把身体护理这块项目承包了。

"小惠这门手艺可不能就在她那小店里荒废了，这可是个特色！

"你可要支持小惠的工作啊！她还要带一帮徒弟出来，你们小两口好好商量下。"

青由不敢正视小惠的眼睛,他知道,和小惠的一切都结束了。

8

小惠把小店又盘出去了。

她背对着青由麻将铺,慢慢收拾自己的东西。

青由来了个微信:"你厉害,攀上高枝飞远了。"

小惠的眼泪终于忍不住掉了下来。

这个男人被艰难的生活打磨得有点算计、狡黠、小气,这些小惠原本都觉得不是天大的过错。

他让自己出钱一起买房子,她也愿意出自己的那部分。

他让她约李处长打了几次牌,她发现每次自己这方用机麻洗的牌面都反常得好,心生疑惑,也没问过这其中的猫腻,只是再也不组织这种牌局。

有那么一刻,她以为这个男人的所作所为都是在为他们的将来谋划,对她还是有那么一点真情,她也动了心思想和他在一起。

像她这样,即使年纪不小了、条件也不好,仍然会觉得保留一点对爱的幻想也不算坏,幻想代表了从未对生活绝望。

但是,很多事情,就如衣服的扣子,第一颗扣错了,到最后一颗才发现。

青由让她去和李处长单独约会,要拍他们的亲密照来勒索李处长。

这让她意识到，在这个男人眼里，蝇头小利大于他们的亲密关系。

她清楚她的做人底线，如果以后和这个男人苟且生活，她只能慢慢成为自己看不起的那类人。

她经历过生活的痛苦不堪，见识过人性的龌龊，也遇见过赏识，就如一颗钻石被打磨出了很多面，逐渐闪闪发光，在唏嘘的生活中洒脱、飘逸起来。

小惠整理着自己的钱包，拿出两张银行卡摩挲着，其中有张是三万的金额，还有张里面有小二十万，那是她能对很多东西说"不"的底气。

【编者语】

每个人都是一颗尚在打磨中的钻石，要想成材，既要汲取能量，又要守住本心。这篇文对"刮眼"的描写也很有意思，希望这类传统手艺能被更多人见识到。

奶 奶

何不苦 / 文

1

我的奶奶是个残疾人。她的左手是半蜷着的，伸不开，左腿也无力支撑，走路的时候只能用右腿带着左腿走。一到夏天，因为手蜷着，汗出不来，奶奶的左手就容易发炎。我记得小的时候，奶奶经常往残手上抹一种叫"氟轻松"的软膏。干活的时候，奶奶会用右手把左手的手指头一根一根掰开，让左手起个固定的作用。

我小的时候，爸爸妈妈去地里干活，让奶奶看着我。有时候我非要抱，奶奶抱不住，经常会把我摔下来。等我长大了，有了自己的孩子，看孩子看得心力交瘁，抱孩子抱得胳膊酸痛的时候，我就会想，奶奶年轻的时候是怎么把自己的两个孩子养大的，得比身体健全的人多付出多少辛劳啊。

奶奶是结婚后得的病。那时候她二十出头，是风风火火的妇女队长，领着村里的妇女们挖沟渠、住野外，时间长了，湿邪入侵，中了风。虽然她的新婚丈夫是一个医生，但是也没有治好她的病，还是落下了残疾。

奶奶就这么一手一脚地过了六十年，今年她老人家八十了。

小时候，爷爷奶奶都很疼我，有什么好吃的都会想着我。赶上周末了，还会留我在家里吃饭。

可每次在爷爷奶奶家吃饭，都让我觉得非常难受。有一次，回到家里我就吐了，不是饭不好吃，而是吃饭时的氛围让人太压抑。爷爷全程对奶奶冷嘲热讽，奶奶基本上不出声，我在饭桌前坐着，感觉整个身体像被拴住一般，只有一只右手机械地往嘴里塞着饭，像上刑般难受。

这顿饭不吃行吗？行。可是这顿饭，爷爷奶奶早就盼着了。上高中的时候我住校，一个星期才能回一次家，他们总是提前好几天计算着我回家的日子，俨然我就是他们晦暗生活中的唯一一点亮色。

奶奶的手脚不方便，包不了水饺，每次她都会算好日子，早早地准备好饺子馅、和好面，就等着我回家包了。水饺，对于爷爷奶奶来说，也算得上是改善生活了。

所以，即便再难受，这顿饭也是非吃不可的。

2

爷爷对奶奶的冷嘲热讽不只当着自己家人，在外人面前更甚。每当此时，不光家人难堪，外人也感觉不自在，尴尬得不知道该怎么说话。家里来了串门的人，在爷爷的概念里，奶奶最好躲在自己房里别出门。奶奶哪怕出来打声招呼也是丢他的人，他只能通过损奶奶来挽回他的面子。

在我看来，爷爷当众损奶奶，岂不是让自己更没有面子？可是爷爷这个人，固执、不听劝。爸爸和叔叔劝他，他只会更生气，还会将他们劈头盖脸地骂一顿。我劝他，他好歹不会骂我。

爷爷和奶奶都是要面子的人，这是我发现的他们唯一的共同点。发现他们存在共同点的契机都是同一件事情——堆柴垛。一次是只有我和爷爷在场，一次是只有我和奶奶在场，两次都是在我觉得摞得差不多了要走的时候，爷爷和奶奶分别说了相同的话："得堆得整齐点，不能让人家看了笑话。"

听我东北的同学说过，以前的时候，一个家的柴垛代表着男主人的脸面，有的人给家里姑娘相亲的时候，除了看小伙子本人，还会看看小伙子家的柴垛堆得怎么样。如果柴垛堆得又多又整齐，代表这家人勤劳肯干，姑娘嫁过去日子过得踏实。

我爷爷和奶奶虽然没听过这句话，可他们都不约而同地重视着这件事情，在他们的认知里，柴垛也是代表着家庭的一种脸面吧。

爷爷觉得奶奶让他很没面子，可他无法躲避，每天都要面对。离婚是不可能的，虽然他离过一次婚了，但这次是绝对不行的，他不能背上抛弃残疾妻子的骂名。

他只能占点口头的便宜，一遍遍地说"不想活了""真想在外面找个地方自己一个人过"……这些话，一开始说的时候，大家激烈地反对、劝慰；后来，大家象征性地劝劝；再后来，大家连敷衍劝慰也懒得出口。爷爷觉得没意思，也便不再说此类的话了。

小时候，我觉得他说这样的话，只是为了让别人不好受。长大了，我明白了，他只是因为自己不好受。小孩子，总是无法理解大人的烦恼吧。他懊恼、苦闷、无奈，可他无人可诉，除了对奶奶冷嘲热讽外，他做不出更出格的事儿。

他也只是一个别扭的老头吧。

3

爷爷和奶奶，毫无疑问是分居的，爷爷的房间，奶奶是没有资格进入的。

奶奶用她残疾的身体照顾着家，洗衣、做饭、打扫。爷爷呢，吃着奶奶做的饭，穿着奶奶洗的衣服，却不和奶奶在一张桌子上吃饭，不在一个房间居住。

爷爷不喜欢奶奶张口发出任何声音，仿佛这样就能假装这个人不存在。

可奶奶并不是一个喜欢沉默的人，但凡爷爷不让奶奶说话的时候，奶奶总会说点话，说不到点子上的时候更是会挨爷爷的训斥。作为一个旁观的小孩，当时我想的是，我要是奶奶，我就装哑巴，一句话也不说。

可奶奶对爷爷的话不是太在意，该干吗还是干吗。在对待生活上，奶奶比爷爷活得坦然，她不在意自己的残疾，该吃饭就吃饭，该睡觉就睡觉，该说话就说话，挨了别人的奚落也不大往心里去。

邻居中有些势利的，时不时说点风凉话，奶奶也不是很在意。可我小时候，是拿那些势利邻居当敌人看待的，他们是我眼里最坏的坏人，在路上远远地看见了，我从来不拿正眼瞧。

我的初中学校在镇上。有一年，赶会（即赶集）的时候，我和同学正在学校门口逛，忽然看到了奶奶。犹豫了零点一秒，我拉着同学跑去跟奶奶打招呼。奶奶很高兴，给了我五块钱让我去赶会。

奶奶是自己走着来的，路倒是不远，两里多。奶奶能自己来赶会，我很高兴，可没人照应她，我又很担心。再想想奶奶的处境，手里的五块钱沉甸甸的。

家里的公用，像人情来往、买油买盐，爷爷是出钱的，奶奶没有任何零花钱，买点药什么的，也得张口问爷爷要钱。

但凡每一笔钱都要问别人要着花，总是有几分不自在的。奶奶能不张口要钱就不张口，后来她就自己养上几只兔子拿到集上去卖。

养兔子也是一件大家都不赞成的事情。但是,那些不赞成的人,谁也不会给奶奶零花钱。所以奶奶也不听他们的,还是把兔子养起来。只是兔子养起来,麻烦事太多,一是每天都要去割草,二是兔子太容易生病,一旦一只兔子生了病,最后一只活兔子也剩不下,劳心劳力还落得一场空。

养了几年,后来奶奶的身体实在割不动草了,便不养了。

奶奶给我的五块钱就是她卖兔子的钱。奶奶还给我买过好几件秋衣穿,过年的时候,还会给我买花戴。

4

爷爷很小的时候亲妈就去世了,太爷爷又给爷爷找了个后妈。这位后来的太奶奶,很得太爷爷的稀罕。

我小时候听邻居讲,有一次,太爷爷被征了出夫,离家有三十多里地。他每天白天干完活,一路走回家,把家里水缸的水都给挑满了,陪太奶奶说会儿话,再赶回去,睡上两三个小时再接着干活。

如果是听别人的故事,我会觉得,这可真是个伟大的爱情故事。但是发生在我们家,就成了我奶奶、爸爸和叔叔悲剧的开端。

太爷爷对我这位太奶奶言听计从,我奶奶娘儿三个就成了家里的下等人。

奶奶生病后,一直住在娘家,都是娘家人在照顾她和我爸爸。爸爸至今说起自己的舅舅和舅妈，都充满感激之情。

爸爸在姥姥家长到九岁，我叔叔出生后不久，才回到自己家。在自己家，奶奶、爸爸、叔叔是没有资格在堂屋里的八仙桌上吃饭的，只能在黑乎乎的厨房吃饭。吃的饭也不一样，堂屋的八仙桌上还有个炒菜，厨房里只能吃干咸菜就窝头，还吃不饱。

我叔叔从小挨饿、缺乏营养，只长到了一米六四，我爸爸幸好有在姥姥家里打下的基础，还算达到了一米七三的中等身高。但跟我爷爷一米七七的个子比，并不算高。

我的太奶奶还发明了一种让家里孩子不再馋肉的办法。有一次家里煮肉的时候，她把我爸爸和叔叔撵到外面去玩，叮嘱说："到天黑的时候，肉就煮好了，那时候回家吃肉。"

俩孩子在外面疯玩了半天，就念着这顿肉，等回到家里，被告诉还得再等等，然后被赶在外面又待了大半天，饿得饥肠辘辘。

再回家，每人面前摆上两大碗肉。

"使劲吃吧，孩子们。"

俩孩子每人吃了一碗。

"孩子们，再多吃点，恁爹好不容易给钱买的肉，下次得等到过年才能吃上呢。"

于是俩孩子每人又吃了点，实在吃不下了才作罢。

到了半夜，两人都开始闹肚子，吐得天昏地暗，打那以后再也不吃肉了。我叔叔到现在还对肉过敏。因为那天吃的肉全是拿水冰过凉透的，肥的，没放盐的。

打那之后，太奶奶做肉再也不用藏着掖着，家里经常飘起肉香味，我爸爸和叔叔闻见肉味就跑。

奶奶嫁给爷爷的时候，爷爷是二婚。爷爷前面离了一次婚，在二十世纪五十年代那会儿，离婚是非常罕见的。太奶奶一手策划了这场离婚。

爷爷的第一任妻子是个非常老实的人，生了两个女儿。爷爷长期在别的公社工作，离家四十多里路，每个月回家送一次钱和吃的，这些都归太奶奶支配。

那时候正是困难时期，太奶奶自己每天吃两顿饭，却只给她们娘儿仨吃一顿饭。孩子正是长身体的时候，每天饿得连路都走不动。

我的大奶奶（我在心里这么称呼爷爷的第一任妻子）实在看不得孩子受罪，等地里的青麦子能吃的时候，她悄悄地在衣服里面缝了一个隐蔽的内兜，一边干活一边偷偷地往衣服里面装麦子。

其实这件事情大家都在悄悄地做，遇见了也都当没看见。只有我这位太奶奶大义灭亲，把我大奶奶举报到了生产队，还到处说："这样的媳妇不能要，我们家丢不起这个人。"又向我爷爷编派了好多我大奶奶的不是。我爷爷常年不在家，不了解具体情况，就这么着离了婚。

离婚的时候本来说好的，两个闺女一个跟爸，一个跟妈，结果留在我们家的姑姑过得比要饭的还不如，当妈的实在心疼，就把两个孩子都自己养着了。娘家也不是久待之地，我大奶奶后来又带着我的两个姑姑改嫁了，改嫁之后又生了一个儿子，六十岁左右的时候生病走了。

我的姑姑们长大后回去找我爷爷，奶奶从来没有薄待过她们，每次都是家里有什么就给什么。姑姑们成家以后又和我们家走动了起来，也喊我奶奶叫娘。奶奶过生日的时候两个姑姑也会来拜寿。我们这边的习俗是，闰月的年份闰女要给娘家妈买衣服穿。奶奶没有亲闺女，也能穿上两个闺女给买的衣服，奶奶很满足。

我奶奶和我太奶奶同样是后妈，奶奶能善待两个不是自己亲生的闺女，到了老年也能得到两个闺女的敬重。我的太奶奶，虐待与自己没有血缘关系的孙子、孙女和儿媳，在她的丧礼上，我们一家和她亲生的闺女们打成一团，从那之后，相互之间老死不相往来。

5

晚年的爷爷大概觉得此生无趣，早年丧母，中年离婚，再婚妻子却又得了残疾让他颜面尽失。他又怕死，又想死。

怕死体现在他经常念叨着村里还活着的长寿的老人们，想死是他从来不去体检，即使生病了也死活不去医院。

爷爷身体本来好好的，每天还能接送叔叔家的小妹妹上学放学。谁承想，被一场感冒轻易撂倒了。

那场感冒来势汹汹，两天后爷爷就不能起床了，爸爸、叔叔、姑姑和我们这些孙子孙女们轮番劝说，爷爷却说什么也不同意去医院。本来大家商量好，第二天一早拖也要把他老人家拖到医院去，没想到，第二天早上六点多钟，老人家就咽了气。

那是2014年的大年初六。一场大雪盖住了整个村子，叔叔去扫雪前，爷爷还和他开玩笑："可别憨，扫半个街就行了，别扫一整个街。"

等叔叔扫完雪回来，老人家已经出气多进气少了。堂妹来家里喊我，我套上衣服，急急忙忙往爷爷家里跑，以为还能见到他老人家最后的光景。没想到爷爷去得那么快，就几分钟的时间，等我赶到的时候，他就已经去了那个世界，怎么喊也喊不回来。

他达成了自己"不活了"的愿望。

送爷爷的骨灰去墓地的路上，我看着两边庄稼地里覆盖着的皑皑白雪，想着爷爷再也看不到这样的大雪了，不禁内心凄然。一个人活着，才能和这个世界发生各种各样的连接，一旦死了，一切就都了断了。爱恨情仇、一切纠葛连同自己都化为了灰烬，就只剩下活着的亲人对他的回忆。

爷爷啊，我多么希望你老人家活着的时候能快乐一点，可现在，再也不可能了。

在爷爷生命的最后几年，爷爷和奶奶彻底分居了，爷爷跟着叔叔过，奶奶跟着我父母过。分居的事情是我爸和叔叔一块合计的。

爷爷病重的时候，奶奶关注着爷爷的状况，但从来不到爷爷面前去，去了也自讨没趣。爷爷去世之后，所有人都忙着张罗准备葬礼的事情，没人顾得上告诉奶奶一声，可能也觉得没有这个必要。

等到下午我回父母家拿东西的时候，奶奶还不知情。我想着再过一会儿就有人来家里给门上贴白联，与其让她从别人那里知道这个消息，不如我来告诉她。

听到这个消息，奶奶呆了一会儿，说了一句："怎么这么快就走了？"过了好大一会儿，又来了一句，"走就走了吧。"

我仔细瞅着奶奶的神情，她也很难过，但是奶奶难过了两天，就好了。

到了正月初九这一天，我们这儿叫"服三"，有的地方叫"圆坟"，"服三"这天就代表着丧礼结束了，只有最近的亲戚来参加，大家把奶奶也接了过来，陪着几个老亲戚吃饭。

这一天恰巧是奶奶的生日。

前两天因为伤心没大吃饭，面对着一桌子好吃的，奶奶荤素不忌，放开肚子大吃了起来。第二天，肚子疼得受不了，进了医院。

我爷爷生了病死活不去医院，很快就去世了；我奶奶在爷爷葬礼的最后一天，吃得太多被送进了医院。这也算糗事一桩了，不过我奶奶也不缺这么一件糗事加身了。

6

爷爷一辈子都觉得老天亏欠了他。

到了晚年，每个月领着四千元的退休工资，每天有人洗衣做饭，还能买点下酒菜喝两顿小酒，爷爷每天仍旧是唉声叹气，经常说些"活着有啥用"之类的话。

奶奶在爷爷活着的时候，每天受尽奚落和嘲讽，拖着手脚不便的身体日日操劳，却不惧别人的眼光，也不以自己的身体为负担，坦然地过着每一天。

等到爷爷去世，奶奶虽说不上苦尽甘来，但日子轻松多了，每个月能领上六百多的遗属补助。老人家身体还比较硬朗，喜欢在外面溜达，自己能逛个超市买点东西。体检的时候既没有高血压、糖尿病，也没有心脏病。

只是，奶奶添了一个驼背的毛病。随着年龄的增长，奶奶的背弯得越来越低，看起来就像一个巨大的问号。加上本来就跛脚，奶奶开始拄着拐杖走路。可即便拄着拐杖，奶奶走起路来也一点不慢，还有年轻时风风火火的样子。

可是旁人看奶奶，就像是看一个不倒翁在走路，虽然她不会倒下，但老是让人担心她会倒下。有好心的人就劝奶奶不要出门。可奶奶是个在家里待不住的人，一天不出门走走就浑身难受。虽然爸爸和叔叔也不大赞成，可奶奶还是每天照出门不误。

也是得益于每天出门走路，奶奶的身体状况至今不错。

奶奶在坚持自己能做到的事情上，是任谁说也不管用的。因为我行我素，奶奶没少挨爷爷的奚落，也因为我行我素，奶奶凡事不往心里去，过得也算比较自在。

人生的际遇从来不因你的期许而降临，怎么看待自己，以什么方式与这个世界相处，取决于每个人自己的态度。心态好的人，活得可能并不轻松，但能独得一份自在；心态不好的人，是给自己套上枷锁劳役一生。

有时候，想得简单的人，没那么多想法，也就没那么多的纠结。想法比较多的人，纠结于得失，反而活得比较累。人活在这个世界上，只有有限的时间，几十年后，终将归于尘、化成土。如果老想着失去的，你失去的将会更多；如果不介意失去，你反而能得到不少。

【编者语】

这篇文章，文字非常质朴，一直平静讲述，却忽然在最后写出了那种让人胸中激荡、灵光入窍的感觉。读完意犹未尽。

因 缘

苏尘惜 / 文

1

总有人说，杨婉晴就是个克夫命！嫁了两次，克死两个老公。一个生病走的，一个车祸走的，关键车祸还找不到肇事者，一定是杨婉晴带来的厄运。

不过说这话的人，可不是同情杨婉晴，都是发自内心地嘲讽——杨婉晴的店开得再红火又怎么样，她没有男人疼啊！反正在他们眼里，只要没男人要，那就是人生的一大悲剧，他们就等着看杨婉晴笑话，看她会不会克死第三个男人。

说她克夫，也不是没有缘由的，因为老郑死的那天晚上，还有人看到老郑和杨婉晴在吵架，那人信誓旦旦地保证说亲眼看到杨婉晴狠狠扇了老郑巴掌，还让老郑滚，一辈子都不要见到他。

这流言一传十，十传百，街坊邻里都知晓了，一个个在背后唾骂杨婉晴太刻薄，骂得最凶的就是杨婉晴的公公婆婆，他们恨不得杨婉晴跟着殉葬。

杨婉晴几乎是被千夫指，可她一点都不辩驳。谁爱骂谁骂去，反正她是不会离开郑家的，因为老郑留下了一间装修铺子，还有机会能挣钱，要是她离开老郑家，不知道能做啥，干脆顶着公公婆婆的白眼，把这家养了起来。

杨婉晴有克夫、克男人的流言，没有男性员工愿意来应聘，所以脏活累活杨婉晴只能自己干。刚开始确实难熬，可是杨婉晴知道，外面不一定比这儿舒服，所以再难熬也撑着，后来生意做得挺红火，杨婉晴把赚来的钱一半给了俩老人养老。

没了儿子确实心痛，可如果没人养老不是更加悲凉？俩老人渐渐不再骂杨婉晴了。骂再多遍儿子也回不来，不如就跟儿媳一起过下去。

2

杨婉晴的店里，终究还是来了个男员工。

杨婉晴在仓库理货的时候，不小心从高处摔下，腿部骨折。这店里没了顶梁柱不行啊，老人家也干不了体力活，所以只能招人。

那会儿杨婉晴住院，婆婆说她本来想上招工的地方挂牌子找人，结果这年轻人看到门口挂着招聘启事就自己来问收不收人。刚好那天有批货着急找人送，杨婉晴公公已经累得背都挺不直了，看到来了个小伙，跟被大赦似的，拽着小伙子跟他说把货往哪儿送。

婆婆来医院给杨婉晴送饭的时候说："终于有个不怕你克的人来上班了。"

杨婉晴一开始觉得有些奇怪的，毕竟她的坏名声传播得那么远，按理说不可能会有人主动上门来，就算是不知情无意间来她家做工的，这边上的人稍一多嘴，不得赶紧逃啊？

可是这小伙干了半个多月，也没走人。那会儿杨婉晴身体好了些，虽然不能下地走路，但能看店了。去了店里，她第一次看到徐舟。他有些腼腆，叫她老板娘的时候也不抬头，干活倒是挺利索，不用吩咐也会主动去做。

更重要的是，公公婆婆特别喜欢徐舟这小伙子，来店里的次数都比以往多了不少，没事儿的时候就往门口那么一坐，拉着徐舟唠嗑。杨婉晴知道，俩老人是想儿子了。

3

杨婉晴其实并不想把这个叫徐舟的男人留在店里，毕竟这么久都是一个人，身边忽然多个男人怪别扭的，直到那天的事情发生。

虽说杨婉晴克男人，但是杨婉晴毕竟长了一张漂亮的脸蛋，即便生活把她摧残得有些沧桑，但也有着美人的底子，再加上又是个死了老公的寡妇，上门的是非也多。

那天有个客户来店里非说他定的东西质量差，要求退货，胡搅蛮缠很久，最后竟开始动手动脚，还说只要杨婉晴服服帖帖的，他这次就不计较了，以后也会给她更多的业务。

要是换作以前，杨婉晴必定是拿着棍子赶人的，可是她腿还绑着绷带，行动非常不方便，拿起身边的烟灰缸也轻松地被客户夺下。独自开店这么多年，那是杨婉晴第一次感觉到害怕，无论她怎么挣扎，男人的"大猪蹄子"始终都没有停止。

如果不是徐舟送货回来，杨婉晴很难想象之后会发生什么。徐舟直接拿了一根铁棍跟那男人对峙，发狠地往他身上砸，虽说客户体格看上去要比徐舟大，可是在疯了似的徐舟面前，客户毫无招架能力，直接就被赶出了店门。

平时再强硬的杨婉晴，遭遇这种事，也没办法冷静，她整个身子都在发颤，眼神有些飘忽。

徐舟看了看她："要报警吗？"

"算了，做生意要紧。"杨婉晴无奈地说，"反正也没出什么事。"杨婉晴愤愤地锤自己那条绑了绷带的腿，"今天要不是这腿走不了，老娘非砸破他脑袋。"

是的，杨婉晴很气，可是再气她也得忍着。那男人手里还有一笔将近两万的货款没给，如果闹得不好看，钱也会打水漂。谁没事会跟钱过不去啊？

"行，你说不报警就不报警。"徐舟没继续说什么，把店里刚才因为争执而弄乱的东西整理好，仿佛一切都没发生过。

徐舟对于杨婉晴的任何决定都没有异议，几乎是她说什么，他就做什么，甚至有点讨好的意味。

4

杨婉晴是感激徐舟的，可是这份感激其实不纯粹，她对徐舟还有更多的怀疑。从徐舟跟别人的交谈里，看得出他应该受过高等教育，不应该是来做这种杂工的人。

还有他平日任劳任怨，以及对她和两个老人的讨好，都很奇怪，毕竟她只给徐舟三千五百元作为一个月的工资，完全没必要做到这份上啊。

后来，杨婉晴的怀疑，似乎有了那么一点点的印证。

那天店里来了一对小夫妻，比较好客的徐舟并没有出去迎接，一直躲在杂物间玩手机，后来女人看中了一个样品，铺子里没有，杨婉晴让徐舟在杂物间找找有没有备着的拿出来。

女人一见徐舟，就有些吃惊地说："啊，这不是徐舟吗？怎么上这儿来打工了，不都说你在深圳做 IT 吗？"

"换个环境生活嘛。"被认出来的徐舟只得尴尬地笑笑，但是说完这句话，他又迅速躲回了后面的杂物间，似乎在逃避着什么。

后来杨婉晴实在憋不住，就问徐舟："我之前看你就不像做粗活的，你是不是有什么难言之隐啊？"

"我以前是在深圳上班，可是那边压力太大了，回了老家工作不好找，我又不想被别人知道我在做这种工作，所以就瞒着他们，没把我现在的工作跟他们说。"

"也是，这么大的落差，要我也得瞒着。"杨婉晴有些惋惜地看着徐舟，"可惜你这人才，在我这儿也太浪费了吧，如果哪天你要走，随时说，工资我会结给你的。"

杨婉晴当时是真的信了徐舟，觉着他就是"深漂"失败，在她这儿暂时过渡的，或许很快就会走的。

5

可是徐舟没走，在杨婉晴这儿干到第二年年底都没走，杨婉晴催他赶紧回深圳，说男人总得出去闯荡一番事业，别耗在这小地方，没前途的。

徐舟总说没关系，以后再说。

拖着拖着，都拖到杨婉晴的婆婆给徐舟说媒了，说这么大的小伙子，应该找个好老婆了，甚至还拿着小姑娘的相片给徐舟看，让他挑一个去相亲。

有好事者说："这么好的小伙子，留给你们自己家不是挺好的，杨婉晴还没改嫁，他俩也挺合适的，不如撮合他俩在一起好了。"

老太太摆着手说："不行，小伙子是好人，我不能坑了他，我家儿子都遭罪了，不能再拉个人遭罪了。"

即便婆婆跟杨婉晴的关系已经很亲密了，她儿子的死始终是她心里的一道疤，愈合不了，碰上事就要拿出来说说，哪怕当着杨婉晴的面。

"老板娘人挺好的，你们别总说她不吉利。"当着众人的面，徐舟替杨婉晴申辩了一句。

其余人撇了撇嘴，倒是婆婆的嘴角动了动，难以掩藏住笑意。说到底，如果杨婉晴能跟徐舟结婚，婆婆也是高兴的，跟徐舟相处了两年多，她几乎都把徐舟当儿子来看了，嘴上不答应，可是心里是真有这种想法。

6

杨婉晴再坚强，终究还是个想要得到爱的女人，所以当徐舟一次次维护她之后，心里不泛起涟漪，那是不可能的，但真要让她放开心再去投入一段感情，她做不到。

关于前面两段绝望的婚姻，她从来没跟任何人诉苦。

她不诉苦，并不代表她不委屈。第一个老公，恋爱时隐瞒自己得病的事，几乎是骗婚，后来重病时她选择不离不弃，到头来人们却说她克夫。第二个老公，看起来温文尔雅，一喝酒就有暴力倾向，出事那天因为一点小事和杨婉晴吵架，还动手打人，也是在生气的时候杨婉晴才会说出那些让他滚的话。

她哪里是克夫？她根本就是运气太背，遇到了两个男人都出事儿。

对于老郑的死，杨婉晴心里还是有疙瘩的。老郑再坏，她不想忍受，离婚就可以，她真的没想让老郑死。那天她咒骂老郑喝成一摊烂泥被车撞死算了，谁想一语成谶，她还真的就一辈子都不用再见老郑了。

所以老郑死后她一直待在他家把生意撑起来，把俩老人赡养好，也是她内心的一种救赎。即便她什么坏事都没做，那一瞬间的邪念，还是让她后怕了这么多年。

她也恨那个撞死老郑的人，老郑出事故的路段刚好没有监控，而且又是深夜，肇事逃逸的人只要自己不出来，根本没人能查到他。

杨婉晴想，估计只有等这事儿水落石出的那天，她才能放下自己内心的愧疚。

7

杨婉晴有过怀疑，这个无事献殷勤的徐舟，可能就是那个让她再次背上"克夫"骂名的人。只是，一个已经逃逸几年的人，又何必再次出现呢？逻辑上说不过去啊。

但是，这世上有一种现象就是，如果你担心某种情况发生，那么它就更可能发生。清明节的时候下着暴雨，杨婉晴让老人家在家待着，她一个人去给老郑扫墓。

在墓园里，她碰见了也来扫墓的徐舟。

这样的遇见，甚至都不用质问，一切真相就那样摆在那儿。

杨婉晴明明应该恨他的，可是她恨不起来，只是有些无奈地说："我怀疑过是你，但是没想到真是你。"

"我以为这么大的暴雨，你不会来。"他答非所问。

在哗啦啦的暴雨中，在老郑的墓前，徐舟把那天的事情说了。

那个时候徐舟刚拿到驾照，开了家里的车出来。经过建材城附近的时候，那边可能是因为道路施工，边上的路灯照明都没亮，他忐忑地开着车。那一段路地上不太平，有很多的废弃材料，所以当从老郑身体上压过去的时候，他也不知道那是一个人，直到后来新闻曝光，他才知自己闯了祸。

那时候的徐舟，前面是大好的前途，是可能灿烂的人生，如果去警局说明情况，他无法想象会发生什么事。而且他压过去之前，老郑可能已经被人撞了，所以，他那时心存侥幸，希望自己不是肇事者。

只是这么多年，那个可恶的深夜成了徐舟的一个噩梦，不管他是不是最初的肇事者，毕竟他的车子从那个身体上压了过去。

噩梦紧紧缠绕着徐舟，罪恶感在他心里一天天地滋生着，到最后成了他最大的负累，后来为了减轻自己的负罪感，他找机会来到杨婉晴和两个老人身边，希望能做点什么。

杨婉晴多希望徐舟不是跟老郑车祸有关系的人，那他们的感情也可以纯粹点，可是当下，她和徐舟，有太多太多感情的纠葛和现实的考量。

那天在墓地前，她一个人清理着墓碑，风有点大，伞似乎要被吹走，徐舟过来要帮她撑伞，杨婉晴没有拒绝。

8

谎言，无论包装得多严密，终究是谎言。撒一个谎，必定要用无数个谎去圆，随时可能被戳破。

就算杨婉晴和她的公婆原谅他，不计较，他的罪恶感又能减轻多少？无论他是第几个肇事逃逸的人，他还是有责任的，真正的赎罪，只能是他去勇敢面对。

徐舟去自首的那天，跪在杨婉晴公婆面前忏悔了很久，他把真相说了出来，婆婆一直拍打他："多好的小伙子，为什么是你啊？"公公则一脸清冷，也不说话，两年的相处，他们几乎都把徐舟当作亲儿子对待了，可偏偏，徐舟是来赎罪的。

徐舟服刑以后，又有八卦之人说："瞧，杨婉晴克了第三个男人，幸亏没娶啊，不然徐舟准得死。"

有心人把这话传到杨婉晴耳朵里，杨婉晴只是笑笑，说："让他们以后来吃我喜酒，看我克不克夫。"

是的，杨婉晴想等徐舟出来，跟他继续过下去。他们之间的关系可能不是世俗所谓的爱情，更像是坠入深渊的藤蔓互相纠缠着，一起扎根尘世，一起向阳而生。

【编者语】

这个故事里有很多的巧合，乍一看像是命运无常，实则有因有果，环环相扣。人生也是如此，万事皆有因，我们能做的，是谨慎做好每一个选择，然后，静待花开。

怪胎的传奇人生

韶华 / 文

怪胎叔叔生下来就没有嘴唇，接生的婆子说："这娃儿邪乎得很，活不长的，长得这样吓人，你们还是丢了吧！"然而，四十六年过去了，他不仅健康地活着，还成了村里的首富。怪胎叔叔是我们村的奇人，经过他的同意，我写出了他的传奇故事，为表述方便，本文以第一人称叙述。

1

我这一生，从生下来那一刻开始就注定和别人不一样。

"哇……"一声婴儿的啼哭划破了夜的宁静！

四十六年前的夜里，母亲经历了一天一夜的阵痛，终于生下了我。接生婆子前一秒看是个带把儿的，高兴地一吆喝，下一秒就把我摔在了地上。因为婆子看到我没有嘴唇，吓得一趔趄。

接生婆子对着父亲和母亲说："这娃儿邪乎得很，活不长的，长得这样吓人，你们还是丢了吧，就当没生过，过两年再生一个就是。"

父亲没出声。

母亲哭喊道："再吓人也是我辛苦十个月生下的娃儿，是我身上掉下的肉啊，他活得好好的，怎么能丢？"母亲哭完看着父亲，父亲支吾半天也没下决定。

当家男人没发话，接生婆子也不敢自作主张，拍拍屁股扭身走了。

母亲起身，找了块干净的布擦掉我身上的血污，将我包起来抱进怀里，撩开衣服，糯声喂我吃奶。

他们终究舍不得丢下我，我就这样活了下来。

2

我的出生为家里带来的不是欢乐，而是灾难！父亲母亲因为我被爷爷奶奶嫌弃，说我受了老天爷的诅咒，会给家里带来厄运。母亲还没出月子，就被迫分了家，一间土坯房，五个簸箕，一张床，两床被子，几把锄头，一亩薄田，一座荒山，五十斤玉米粒儿，几件补丁摞补丁的衣服，就是他们的全部家当。父亲用了五年时间，每天挑几挑粪上山，硬是将那一座荒山开垦出了沃土，让我们一家能填饱肚子。

村里的婆子媳妇们茶余饭后总说父亲母亲闲话，说他们肯定是上辈子造了孽，这辈子得了这么个儿，这是讨债来了。在此后的十几年里，父亲母亲因为我一直在村里抬不起头。

小时候，看着别的小娃儿喔奶，我很好奇，问母亲我那时是怎么喔的？

母亲笑着说："你个皮猴子，哪里是喔，直接是啃，每次要啃半天才能吃饱。"瞧，没有嘴唇，吃奶都比别人费劲儿。

打从我记事起，就天天被村里的小娃们欺负，可能以前也被欺负过，不过我都不记得了。他们给我起名"怪胎"，还用小石头砸我。每次遍体鳞伤地回家，母亲只会搂着我哭，父亲也不敢去找别人麻烦，坐在门口"吧嗒吧嗒"抽旱烟。于是，村里的孩子越来越过分地欺负我，我打不赢就跑，拼尽全力地跑，"锻炼"了几年，我竟比村里所有的孩子都跑得快。

记得小学三年级时，村里王家的小子在路边拉了屎，刚好我放学经过那里。那天我吃了冷饭，拉肚子，整个人有点蔫儿，没跑成功，被逮住了。我这小胳膊小腿儿根本不是他的对手，很快我的头被按进了那堆屎里……

父亲知道后，顺手抄起家里的大镰刀，和母亲一起带着我上门要说法。向来斯文的母亲那天也跟泼妇一样大骂，唾沫星子飞得老高，父亲虽然不吭声，但手里的镰刀握得"咕咕"响。这架势可把王家一家人吓坏了，在父亲和母亲的威逼下，他们一家人向我道了歉，王婶儿把她儿子狠狠打了一顿，还给了我一个鸡蛋作为补偿。

那个年代，鸡蛋可是金贵东西，寻常都吃不到。

从这件事之后，我明白了，人只有自己硬气了才能不被欺负。此后再有人欺负我，我便不跑了，跟对方对着打，打不赢也咬牙铆劲儿打。反正我没有嘴唇，龇起牙来的气势也能让对方弱半截。打赢几次之后，村里的娃果然没有再欺负我了，但是"怪胎"的绰号依然流传着。

3

我十五岁那年，父亲挑粪上山时不小心摔断了腿，家里穷得快揭不开锅了。为了减轻家里的负担，我决定跟村里的叔伯们去山西挖煤。父亲母亲是不愿意我去的，可没办法，就我这丑样找不到别的工作，不去，一家人都要饿死。

那几年是挖煤最热火朝天的时候，山西大小煤矿无数，身家上百万的矿老板一抓一大把。虽然挖煤工资很高，但几乎所有的煤矿都人手不够，原因是下了煤矿就相当于把脑袋别在了裤腰上，危险性很高，下了矿上不来的大有人在。所以煤矿招工不论长相有没有缺陷，只要有力气干活就行。

挖煤的日子很辛苦，但是我非常高兴，一来工资很高，一天能挣五十多元，这在那个年代是相当高的工资了；二来，下了煤矿，矿下灯光很暗，煤灰满脸都是，除了眼睛和牙齿是白的，全身上下没有哪一个地方不黑，大家都黑不溜秋的，长相也就没人关注了。

当然了，我跟大家还是不一样，没有嘴唇的保护，我牙齿都是黑的，嘴里老是有煤灰，为了防止煤灰进嘴里，我自己用一块布做了个口罩。多年后，我特别感谢这个口罩，因为它不仅保护了我的牙齿，甚至可能救了我的命。

就这样，我在煤矿挖了几年的煤。

4

我人生中的转折点发生在1992年的六月初七。那天天气很热，我跟几个叔伯都有点中暑，我比较严重，那一天就没下矿。晚上，跟我同屋的陈叔在下班之后没有回来，我担心他中暑晕在矿下了，就去矿下查看。到矿下，顺着矿道往前走，突然有人从背后打了我一棒，我两眼一黑就晕过去了。等我醒来的时候，发现我跟陈叔还有另外一个矿友李兵在新开的矿道井里，陈叔和李兵也被打晕了，还昏迷着，血顺着脑门儿直流。另外两个矿友抢着大铁锤使劲儿锤矿道右侧，锤落的石块儿砸在我们身上，划出了道道血口子。我暗想，不好，这两个人是"打点子"的。

"打点子"是圈内的一种叫法，就是在矿下悄悄把人弄死，伪装成意外事故，然后冒充死者家属向矿老板要赔偿。那个年代法律不健全，很多矿上出了事故都是私下解决，赔一大笔钱就了事儿了。"打点子"的人一般专挑身边无亲友的人下手，起先跟目标打好关系，等目标落单的时候就下手。这些人心狠，而且是团伙作案，被盯上很难逃脱。

分析好目前的形势后，我快速地想好了对策。这个矿道虽然很新，但是一时半会儿弄坍塌也不容易，陈叔和李兵还昏迷着，指望不上，这两个人联手我可能打不过，而且我不确定他们还有没有同伙在附近。唯一的办法就是跑出去叫人进来救陈叔和李兵。趁着他们吐口水搓锤把的间隙，我猛地爬起来，使劲儿撞倒了一人，然后顺着矿道快速往前跑。

都说天无绝人之路，可老天偏偏给了一条绝路给我。当我铆劲儿跑到矿道口时，发现门被锁死了，怎么摇晃都不开，不一会儿那两个"打点子"的人也追来了。一个皮笑肉不笑地说："丑八怪，我们从没打过你们的主意，要怪只能怪你跟老陈命不好，撞上了不该撞上的。今天你不死，我们哥两个也活不成。"

出于求生的本能，我跟那两个"打点子"的人展开了殊死搏斗，最终我以断了一条腿为代价，打趴了他们。凌晨时，几个矿工到新矿道下视察时发现了我们，事后那两个"打点子"的人被警察带走了。

由于我成功救了三条命，矿老板听说后亲自到医院来看我，为了感激我，将我升为了矿上的领班，工资翻了一番，还不用挖煤。出院后，矿友们都说我大难不死必有后福，也有的说挨一顿打，换个领班的职位，这小子走狗屎运了。

5

说来也奇怪，可能我真走了狗屎运，随后几年我带领的那一班人都平安无事，我所管辖的矿区也没有出过任何安全事故。1997年，矿老板又在另一个地方买下了矿山，准备开矿，那个地方距离这边有点远，直接从那边招人老板不放心。毕竟是新矿，容易出事。于是老板想到了我，让我去那边矿上做包头，全权管理那边的矿。这是一个难得的机会，我没有拒绝。很快我返乡，在我们村和邻村招了一班人马开干，起先是五十多人，到后来发展到千余人，而我也从一个小包头，摇身一变成了小矿老板。

经过上次"打点子"的事情后，李兵一直拿我当救命恩人看待，当我去新矿时，他也跟我一起去了，实实在在地帮了我几年忙。其间矿上缺厨娘，李兵介绍了他妹妹李英过来帮忙，李英帮着帮着就从厨娘变成老板娘了。

有钱了之后，身边总有些美女围着我转。虽然她们嘴上一口一个老板叫着，脸上挂着笑，但是眼神深处还是有些许的嫌弃。我不想娶一个心里嫌弃我的女人。李英跟其他女人不一样，她不烫大波浪，不爱穿裙子，她也不叫我老板，她叫陈哥，她说我救了她哥的命，这辈子就是他们家的恩人。我喜欢看她，总觉得她眼里有星星，在我的努力追求下，终于抱得美人归。

1997年到2005年是我一生中最有成就感的日子，我不仅挣了挺多钱，家里盖上了三层楼房，还买了车，得到了别人的认可，再也没有人敢当着我的面叫我"怪胎"或者"丑八怪"了。小时候欺负我的臭小子们现在都是我手下的工人，一向被人瞧不起的父亲母亲成了大家口中的"福老太爷，福老太太"，而最重要的是，我终于娶到一个不嫌弃我丑的妻子，有了一双没有缺陷的儿女。我觉得自己幸福极了。

6

可好日子没过几年，老天爷又给了我一个巨大的挑战。由于常年在煤矿里呼吸粉尘，村里最开始跟我干的矿工接二连三地得了硅肺。这个病不好治，也治不好，家属开始到我家找我父亲母亲闹事。都是一个村的人，再说这些年几位叔伯确实实心实意帮我，于是我拿出了部分积蓄为他们治病，并承诺每家再给十万元抚恤费。

2000 年后，煤矿渐渐不好做了。出事故赔偿费很高，一旦死了人，要赔偿上百万。2007 年我的矿里新开的矿道意外坍塌，两个工人死亡，八个工人重伤，十几个工人轻伤，医药费和赔偿费合计四百多万。我的积蓄基本被掏空。后来，国家大力整顿煤矿行业，勒令关闭一些不规范的煤矿，其中就有我的矿。

煤矿生意做不下去了，家里的积蓄所剩无几，我再次成了穷光蛋。

所谓由俭入奢易，由奢入俭难。由一个富人，一眨眼变成一个穷人，这滋味真不好受，我甚至都在怀疑那几年的好日子是不是在做梦。回到家乡后我消沉了很长一段时间，食不知味，夜不能寐。幸好妻子贤惠乐观，我穷了之后不但没有嫌弃我，还处处安慰我，鼓励我，帮助我慢慢从消极情绪中走出来。

7

穷了以后还得生存呀，未来的路怎么走成了问题。我到处找项目，希望能东山再起。后来我从一个矿老板转型成为一个卖茶叶的老板，具体的故事就不细说了，总之也是充满了坎坷艰辛。

最幸运的是，妻子一路上都很支持我，我到福建考察过制茶机器，学习过制茶工艺。2008 年白手起家做茶厂，手头也没余钱，将房子抵押给信用社贷款了十万元买制茶机器。

制茶的工序分为鲜叶、杀青、样捻、炒干、筛分。在这几道工序中，杀青和炒干最难也最关键，杀青对茶叶品质的好坏起着决定性的作用，而炒干是形成茶叶形状、色泽、香味的关键工序。杀青最难控制的是锅温，锅温过低，鲜叶下锅时听不到锅内有茶叶爆声，必然会出现红梗红叶；锅温过高，鲜叶的嫩芽尖边缘易被烧焦。炒干最难控制的是时间，时间长了，炒得太干茶叶易碎；时间短了，水分过多，茶叶易发霉。

第一年，由于我对机器操作不熟练，工艺不精，很多茶叶都做坏了，卖不出去，赔了好几万。信用社的贷款又到期了，我还不上，不得已去借高利贷。一些亲戚都劝我放弃做茶厂，但我觉得这是个不错的生意，不想放弃，又想方设法学习制茶的专业知识。

第二年我借钱继续收茶，制茶。父亲和母亲帮忙照顾孩子，我跟妻子上午补觉，下午收茶，我去邻村收，妻子在家收。晚上我跟几个师傅在茶厂制茶，每次杀青的时候心里都紧张得不行。为了控制好锅温，我经常徒手伸进锅内试探，整个茶季手臂被烫得黑红黑红的。由于工艺大幅度提升，总算没有再赔钱了。

就这样，我的生意一点一点又做了起来，现在我身家几千万，有稳定的客户和产业，也有和谐美满的家庭，我依然是我们村的首富。

我很知足。

我这一生，说不上"幸"，也谈不上"不幸"，我一生的座右铭就是勤勉、奋斗、踏踏实实，没有别的讨巧办法。

生活没有那么多大道理，就是被生下来，要活下去，不欺心，如此而已。

【编者语】

这篇文很治愈，"怪胎叔叔"的人生确实称得上"传奇"，结尾更让人会心一笑。生下来，活下去，不欺心，把生活想得简单一点，确实不错。

被一场算命左右的爱情

孙艳妮／文

1

春生死了，他把所有的遗产留给了我，还给我惹了一身的官司。

"桃子，我走了，天堂见。另有事相托，他日便知晓，恩不言谢——春生。"

我眼前一黑晕了过去，等我从颠簸中醒来，是在老杨开车送我去医院的路上。

"春生死了——"

老杨没说话把车停在路边，拍拍我的肩膀："哭吧，哭出来好受些。"

伏在老杨的腿上，我眼泪鼻涕一把接一把，翻江倒海般奔涌而出："如果……当年春生娶了我……就不会……就不会这么惨了。"

春生活着的时候我也常跟老杨说这话，如今死了，我真是后悔没嫁给他。

如果说高中时代我想跟谁认认真真地来场早恋，那么男主角怎么选都是春生，他的女主角怎么选也是我。高考填报志愿的时候，春生跑到我家跟我商议选哪所学校时，偏偏碰到五太在墙根的太师椅上晒太阳。

春生临走，五太喊他过去，看了看手相，五太眯缝着眼说："小伙子好仕途，当官的命。"

送走春生，五太喊我帮她摘韭菜。五太一向寡言，那天却跟我说了很多。

"我们桃子是个多子多孙的命，这个小伙子是个和尚命，无后。命不同，成不了。"

"太，你不是说你不看相吗？"我问她。

"太看的不是他，是你。"五太摸摸我的头，我的眼泪哗啦掉下来，落到水泥地上，慢慢消失，倏尔不见。

我爹去帮堂叔打井，五太说别去，会有血光之灾。我爹把褂子在墙上甩了甩灰说："亲戚的事不搭把手，以后怎么有脸在一个门楼下站着。"他肩上搭着褂子走出家门，回家的时候却是被人用门板抬着。他掉在新井里，摔断了腰，从此他再也不能站着了。所以，五太的话我信。

2

春生一再跟我说填省城的师范，他填物理系，我填化学系。

"理化不分家嘛。"他填好后得意扬扬地抖了抖志愿书。

我一辈子都忘不了他那意气风发的少年模样。

可我背着他填了离家两千多里的江西一所大学，收到通知书的时候春生问我为什么填那么远？我说我想看看外面的世界。他拍拍我的肩膀："没事，四年很快就过去了，很快。"

大一春节高中同学聚会，我喝多了，在门外吐，他在边上给我捶后背。当时下了雪，满世界都是雪白的。后来看《情书》的片尾，活着的藤井树在雪地里呼唤天堂的藤井树，我想起此景，潸然泪下。

"难受吧？我带你去喝点粥，隔壁有家粥铺，这种天来碗热热的粥才舒服。"

春生搭着我的肩膀，半搂着我。如果当时我借着点酒劲扑到他的怀里，是不是他后面的人生就改变了？人生没有如果，五太那句"命不同，成不了"如五雷轰顶般响起，我伸出去要挽住他腰的手硬生生缩了回来。

他说班上个女生追他，我端着勺子闷头把粥喝完，说了句"挺好"。从那一碗粥后我们就分道扬镳。后来他写信告诉我他谈恋爱了，就是上次在粥店他跟我提到的那位，我在宿舍抱着他的信嚎大哭。

大四毕业的时候我接到春生的电话，他问我有没有回老家的打算，他被分配到县教育局，如果我想教书他可以帮我。

我告诉他我要继续南下，去广州。

末了他叹了口气："好吧，你是个男儿心的丫头，世界有多大你脚走多远。桃子，我想问你个事……"

"你说。"

"高中时我挺喜欢你的，你看不出来吗？"

春生说话的语气像是在批评一个闯祸的小孩，很温和却让收听者惶恐不安。

我不知道该怎么回答他，实话实说，说他命途坎坷，我怕自己和儿女受他连累？

"五太说我们俩八字不合，成不了。"五太的话我只拣了这一句告诉他。

春生很无奈，我能想得到他在电话那头苦笑："桃子，你真是个傻丫头，怎么能信一个老太太胡说？我再问你一次，跟不跟我回老家？"

这一次我没有怯懦，大学四年我想明白了一件事，春生生性安稳，喜欢踏实的生活，我则像只蚂蚱，总想趁着秋风未起四处游逛，性格迥异终究也成不了。

"真不回。"

春生安静了半分钟："那我带她一起回去了。"

3

后来他仕途平顺，从小科员一直做到副局。老同学的孩子们上学个个去叨扰他，他在高中同学里面最受欢迎。而我一头扎在广州的繁华与开放里，如鱼得水，广州于我而言就是大海，畅游欢快。再后来我遇到老杨，恋爱，结婚，生孩子，家庭工作分身乏术，顾不得回家，更不知道春生的近况，逢年过节偶尔打个电话简短问候而已。

五太说的是对的，我是多子多孙的命。在计划生育的年代，我生了一对双胞胎儿子。我的人生平顺到花自然开果自然熟的境界。

春节的同学聚会，春生缺席，听说他的妻子死了，母亲也不在了，唯一的亲弟弟还跟他对簿公堂，只剩他跟瘫痪在床的老父亲过活，县城里关于他的传言沸沸扬扬。一系列的打击接踵而来，春生得了抑郁症，当年的那股子情谊促使我给他打电话约他见一面。

自那一碗粥的别离后，我与他已有二十多年未见，都说中年发福，春生却比高中时还要瘦削，五官更加分明，如木版画一样清晰，皱纹跟白发都在我的意料之中。

两个人各自握着茶盏，看茶汤杏黄，抬头彼此相视微微一笑。

我很局促，不晓得如何安慰他，临行前反复演练的宽慰的话我一个字也说不出来，我若说了便是站在幸运者的台阶上同情他了。我安静地坐在他对面听他很诙谐地谈这二十多年的人生，得意的官场，残缺的婚姻。

妻子难产，摘了子宫，精神跟身体都备受打击，四十过半膝下无儿无女，更年期提前到来，整日疑神疑，怀疑他出轨。他把心思跟精力都放在工作上，所以提升很快，每提升一次，妻子的恐慌之心就加重一层。后来升了副局，他更加繁忙，妻子也愈发地无事生非、不消停，去年有机会调到市教育局，春生放弃了。妻子还是没能走出更年期的阴霾，几个月前抑郁而死。

没有子嗣的事让他的老父亲在村中抬不起头，有次跟村民拌嘴，被人家说上辈子缺德这辈子绝后的话，当即气得中风卧床不起。老母亲年逾古稀，病痛纠缠半生，而唯一能搭把手的弟弟跟弟妹竟然选择逃避，不闻不问。在两年的时间里双亲轮流住院不下十次，去年的除夕他还在医院陪护老母亲，窗外烟花绽放的时候他说他连烟花都不如，烟花落地无声息，他落地二老便无人照料，所以他没资格。

父母病重，弟弟弟妹避而不见，父母放话，老家的祖屋田产都归春生所有，弟弟以父亲年迈神志不清、母亲目不识丁为由要与他对簿公堂，说他骗取父母财产。春生大病一场，瘦了三十多斤。而最打击春生的，是母亲死后，他父亲背着他立下遗嘱，说死后房子存款归他弟弟所有，原因是春生无后。

"眼泪都是往下流的。"春生仰天长叹，抽搐了几下发酸的鼻子。

"五太当年说的是对的。"听完春生这二十年的遭遇,我将当年五太的话和盘托出。五太说春生是千年的铁树,难得开花,难得结果,我是一个讨喜的桃子,怎么长也长不到一棵铁树上。别人的命里有日升月落,他的命里只有高高的一轮日头,照得周围寸草不生,一片干涸。

"所以,你身边的人,父母兄弟,妻子儿女,谁远离你谁活,谁亲近你谁死,不死也活不好,而且,而且……"

"而且什么?我都快活成天煞孤星了,还怕天降横祸吗?"命运一步步都没有偏离五太的谶语,走过苦难,春生倒也淡定。

"五太说你婚后犯桃花,指定会出轨!"

"五太还活着吗?我再去算算。"春生放声大笑。

"她去天堂了。"我指了指天空。

我们聊到茶店打烊仍不尽兴。临了春生问我当年若不是五太劝阻,我会不会嫁给他,柴米油盐一辈子。这个问题我也问过自己很多回,答案是不会,就像五太说的,桃子怎么也挂不到铁树上。

"咱们俩是兄弟命,不是夫妻命。"

春生呵呵笑了一下:"兄弟命比夫妻命好,真是夫妻你早被我晒死,万一被五太言中我出个轨,你就可怜了。"

"我要是你老婆,出轨这等好事早被我抢先,岂能轮到你?"

春生搂着我的肩膀哈哈大笑，漫漫夜空，我陪着他向黑夜走去。当年他搂着我的肩膀我有少女的羞涩和悸动，眼下只有亲人般的温情。

这竟是我跟春生的最后一面。

4

我问老杨，如果当初我不迷信五太的话，嫁给春生，给他生一男半女，他的境遇会不会不同？

老杨拍拍我的肩："说不定那个被摘掉子宫的人就是你，你还愿意跟他过一生吗？"

我看到桌子上摆着我们一家四口的照片，想着孩子们高考、工作、娶妻、生子，我跟老杨晋升祖辈，含饴弄孙，颐养天年的场景。

"不愿意！"

春生死后不久我接到了律师打来的电话，他死前留下遗嘱，所有遗产归我所有，他一分钱都没有留给病榻上的父亲。我跟老杨一下子呆住了，春生半辈子的家当啊，留给我一个毫无血缘关系的人。更让我们惊讶的是老家法院的一纸传票，春生的弟弟将我告上法庭，说我是第三者，破坏了春生的婚姻，春生妻子发现我们的奸情后含恨而死。在法庭上，他还出示了春生妻子的遗书：

我对不起你，你对不起我，感情是笔债，我们两清，天堂或者地狱，永不相见。

春生妻子的骨灰埋进了公墓，春生有言，骨灰撒进大海，夫妻死不同穴。

官司我毫无悬念地赢了，因为遗嘱真实，可那段日子我活在老家人的唾沫星子里，我的母亲甚至不敢出现在乡亲的面前。

母亲给我打电话哭诉："你就差那几个钱吗？怎么就要做人家的小三，我都抬不起头来，出门就被人指指点点。"

春生弟弟集结了家族的长辈后辈去我母亲那里讨说法，说来说去就一句话，我偷了人家的人，骗了人家的钱。母亲觉得颜面无存，被我接来广州躲避。

母亲初来的一段时间我被她整日念叨，我们两个争吵不断。

"你跟他没关系，他会把房子车子都给你？有人看见你们俩深更半夜勾肩搭背在大街上耍酒疯。"这些话想必是春生的弟弟说给她听的。

唉，这就是小县城的魔力，你在城头放个屁，他在城尾闻到臭。

遗言，遗嘱，以及春生妻子的遗书像谜一样扑进我平静的生活，很长一段时间他的死让我焦头烂额。春生在遗嘱中申明：他死后一年我才有权支配遗产。我一直盼着一年到期，大笔一挥把他的遗产全部归入他那个混账弟弟的名下，堵住悠悠众口。

5

突然一天，一个身怀六甲的陌生女人出现在我面前，春生妻子的遗书，春生的突然离世，还有我名下的那笔遗产，所有的谜题一起被揭晓。

她叫小香，五太所说的春生出轨的那个人。春生妻子含恨而死也是因为她，看到妻子的遗书，春生才知已经东窗事发，但妻子选择沉默而死，这一死如同刀子戳进他心窝，痛与鲜血奔涌而来，不曾停歇。

小香三十岁出头，未婚有子，她做了老家人口中的"破鞋"，破坏了人家的家庭，知者甚少，但是日渐隆起的肚子无法掩盖。

妻子死后，春生说晚几年再娶小香进门。不久小香有孕，四十多岁要为人父，春生热泪盈眶。小香说一切在春节过后发生了急剧的变化，春生突然对结婚只字不提，令她最意外的是春生的死。

"天晓得发生了什么事，他跟变了一个人似的，整日愁眉不展，现在连人也死了……我们娘儿俩怎么活？"

一场哭罢，小香告诉我她对这孩子拿不定主意。生下来，带着一个没名没分又没爹的孩子，无力面对将来的人生；不生的话，这是春生在世上唯一的骨血，于情不忍。

"他跟我说过有一天他出了意外，孩子的事一定要先问过你之后再做决定。"

春生的死，除了对妻子深深的愧疚，更大程度是相信了五太的话。唯有自己一死，孩子才能好好地活着。遗产毫无疑问是留给孩子的，他又担心小香懦弱不肯生下孩子，所以归在我的名下。

"小香……"我颤抖着握住小香的手，"孩子我来养。"

我本想将春生自杀的原因告诉她，让她知道就是为了这个孩子好好地活着他才选择结束生命，天晓得是什么促使我竟然说了句"孩子我来养"。

老杨说这是春生的本意，知道了春生的死因对小香跟孩子都是压力，而且未来带着一个没有爹的孩子她很难走下去。春生留给我遗产的本意就是让我替他抚养这个孩子，所以，我对小香脱口而出的承诺是春生亡灵的引导。

6

几个月后，小香把一个粉嘟嘟的女儿交给我跟老杨，我把春生的一套小房子给了小香，算是她这么多年跟了春生的一点补偿。至于春生那个死去的妻子，没有人可以补偿了。

我给春生的女儿取名叫果果，意思这是铁树开的花结的果，我会很爱她，像对待自己的双胞胎儿子那样爱。

我本是个多子多孙的命，五太没说错。

【编者语】

这个故事带了点奇幻的味道,阴差阳错太多,让人忍不住思考——一个人悲剧的造成到底是性格使然还是命中注定?仁者见仁智者见智,希望大家看完之后有自己的相关思索。

一盘湖南炒香干的故事

春雨琳琅 / 文

1

母亲并不擅长做菜。

只有一个例外，湘菜中的小炒香干，是她百做不厌、一做再做的。

我很爱看母亲做这道菜。

香干，切成五毫米左右的薄片。略硬的褐红色边缘包裹着嫩白色玉石般的内瓤，随着刀片一下下利落起伏，都不用等到下锅，香干独特的豆香就已在厨房里丝丝缕缕地弥漫开来。

上好的五花肉，是早就切好的，用蚝油、生抽和盐腌制十分钟，再加些淀粉，轻轻地抓几下，这种事前的处理，可以让五花肉口感达到最佳状态。

红色的小米辣、碧绿的香葱段、白色的大蒜片，抢先在微微冒烟的油锅中噼里啪啦炒几下，再快速放入豆豉酱，用锅铲打散，炒出红油。这个时候，虽然油烟机被开到最大，但那特有的豉香中夹杂着焦辣的味道，既有些呛人，又带着一些不可抗拒的诱惑，仿佛一出精彩的歌剧开始演奏前助兴的小品。

到了这个时候，就是放肉片的好时机，裹着晶莹料汁的五花肉片"滋啦"一声，被倒入锅中，母亲手中的锅铲快速地翻炒，铿锵有力。等肉片微微泛白，迅速烹入料酒。此阶段放入料酒，一是高温会使酒香迅速地蒸腾，给成品提味，二是会去除肉类的腥气，让肉片的口感嫩滑鲜香，肉香和酒香达到完美融合。

当五花肉在锅铲的翻腾中渐渐卷曲，就该倒入香干片了，再大火翻炒。

五花肉成了一个个"灯盏窝"，析出少量猪油，就像中药里百搭的"甘草"，会糅合锅中所有食材的味道，让整道菜变得醇厚而自然。

出锅前，再加入盐、味精、生抽、蚝油等调味料，空气中都是肉香、豆香、酒香……

此刻的母亲，面带微笑，像一个胸有成竹的指挥家，手中的锅铲就是她用熟的指挥棒——毕竟，这是她为数不多的拿手菜。

到这个阶段，这道菜的大部分工作已经完成，但还不能急着出锅，必须要加上画龙点睛的一笔——撒青翠欲滴的蒜苗。蒜苗早就被清洗干净，切成整齐的小段，放在一个精致的青花小碟里。

扔进锅，电光石火的几秒钟，诱人的蒜香便快速被激发出来，这时候，哪怕你人在客厅和卧室，也能一路循着味道走向厨房。

当确认母亲已经盛盘，准备上桌的时候，我摆餐具的速度都要比平常快上那么几分。

作为对母亲为数不多的拿手菜的赞美，同时也是因为味道确实不俗，每次我和父亲都埋头大吃。这道菜是白米饭最好的"伴侣"，不知不觉，一碗饭就见底。

看到此情此景，母亲的脸上会洋溢出欣喜的笑容，她总会喃喃地念叨："北京的香干，哪怕再好，到底不如湖南本地香干好吃，我当年在湖南工作时，味道比这个要好。那时候大家生活都不富裕，香干简直可以算荤菜了呢。"

这些话我早就听母亲说习惯了，几乎可以作为这道菜的背景音。

我没怎么吃过湖南本地香干，北京的香干已经让我非常满意了。我一直觉得母亲之所以对湖南香干念念不忘，完全是因为当年确实没什么好吃的。

我和父亲作为烹饪爱好者，其实早已学会了这道湖南小炒香干，但烹饪就是这样有点玄学的存在，明明我俩厨艺比母亲好，可是做出来的味道就是不如她。

父亲总是说，你妈妈的青春时光，是在湖南长沙度过的，她是带着对青春的回忆来做这道菜的，而我们两个，只是在烹饪的角度进行了复原。

母亲听到父亲这么说，总是垂下眼皮，笑笑，再抬起来的眼神里都会有些迷离，好像只要那么一瞬间，她就能穿越回到过往。

赶上母亲兴致再高些的时候，会跟父亲一起回忆他们在湖南的岁月，那些山，那些水，那些人。

然而，这道菜的滋味，以 2001 年为界，因为一件完全出乎全家人意料的事情，变得截然不同……

2

我父母是同事，在某系统的一家老牌事业单位工作。毕业后，我也在父母的主张下，进了这家单位，但体制内拘谨的工作并不适合我，2000 年前后，我跳槽进了一家知名的北欧外企，开始了频繁地出差。

2001 年春天，我结束了十天左右的异地商务旅行，下了飞机便直奔家里。老规矩，父母一定会做好满满的一桌饭菜等我，我还特地提前发了一条短信给母亲，要吃她做的湖南小炒香干——外面商务宴请的菜肴再高级，也比不上父母的家常菜。

拉着行李箱进屋，迎面碰见母亲从厨房走出来，她神色略带疲惫，乍看见我，还是难掩心中的喜悦，笑着让我赶紧去房间换衣服，马上就吃饭。

我快速换好了家居服，坐到餐桌旁才发现，没有湖南小炒香干啊！

“嗳，妈妈，我给您发的短信您没收到吗？这些天在外面就想吃这口。”我略带失望地噘着嘴。

母亲指着一桌子菜，垂着眼皮说：“这些足够你吃了丫头，今天来不及做湖南小炒香干了。”

父亲在一旁笑着劝：“下次吃，下次吧。你天天进出大饭店，什么好吃的没吃过，不缺这一口。”

我看父母脸色都不对，便不再纠结此事。

我一般习惯吃完饭和父母在沙发上看一会儿电视，喝杯茶，然而那一天，他们两个嘀嘀咕咕地进了书房，明显在商量着什么事。

过了好一会儿，书房的门“吱呀”一声打开了，父母神色凝重地走了出来，母亲的手里，拿了一个不起眼的塑料袋，塑料袋鼓鼓囊囊的，不知道塞着什么物件。

“怎么了？”我一边用遥控器换台，一边用眼尾的余光看着他们。

“没什么，我和你爸爸出去一下，你累了，好好休息吧。”母亲说。

“打火机你拿了吗？”母亲问父亲。

“哦！差点儿忘了！”父亲一拍上衣的口袋，掉头就往卧室床头柜走去。

我越发猜不出他们葫芦里卖的什么药，刚想发问，父母已经一溜烟儿地到了门口，随即便是一记沉闷的关门声。

我心里凝了一团好奇的雾，我走的这十几天，到底发生了什么？为什么提前发了短信也吃不到母亲的湖南小炒香干？为什么他们不顾夜色深沉，神神秘秘地拿着一袋子东西出去？为什么还要拿打火机？

大约一个小时后，父母回来了，脸上带着不易察觉的如释重负的表情。

我从沙发上站起来，小心翼翼地问："你们到底是做什么去了啊？"

母亲在沙发上坐定，目光涣散地看着电视屏幕，苦笑着摇摇头："没什么，就是出去散散步，你孙阿姨去世了，心里不太舒服。"

"啊？孙阿姨？怎么会这么突然！"

我见过孙阿姨，母亲也时常在家中提起她。二十世纪六十年代，父母都曾经在湖南工作过，孙阿姨是母亲的闺蜜兼同事，曾在一个宿舍住过。

母亲说："还是老毛病，风湿引起的心脏病。"

以前，母亲经常回忆起孙阿姨，尤其在做湖南小炒香干的时候，孙阿姨是母亲的知心姐姐。

3

大约在我上初中的时候，孙阿姨曾经出差顺路来过我家。

那是我唯一一次见到孙阿姨，之前在母亲的旧相册中，看过她们的合影，两个女生青春洋溢的脸上，满满的胶原蛋白，每个人都扎着两条直愣愣的羊角辫，母亲的辫梢上还绑着两个可爱的蝴蝶结。

那天，孙阿姨在我家吃的午饭。母亲亲自下厨，她利索地系上围裙，笑意盈盈地走进厨房要做她最拿手的湖南小炒香干，父亲则陪着孙阿姨在客厅叙旧聊天。

孙阿姨是典型的湖南女子，即使人到中年，皮肤依然洁白细腻，在依稀的皱纹中，还能看出当年的美貌。孙阿姨身材适中偏瘦，却不显得柴，温润如玉，颇有气质。

聊着聊着，孙阿姨看到餐桌上有发好的香菇——那是母亲一会儿准备炒香菇油菜的。于是她便笃悠悠地拖着步子，去洗手间认真地洗手，再转回客厅，帮母亲处理起香菇来。

只见她把香菇的蒂认真地掰掉，然后用手把香菇撕成一条条不规则的三角形，边撕边笑着说："香菇这个东西，虽然好吃，但是块头未免太大了，如果整只入菜，吃的时候就难免不进味，所以我一向习惯这样处理。"

而在这个过程中，我惊奇地发现，孙阿姨的十个手指都有些枯槁变形，这让她的动作看起来并不灵活。

父亲一迭声地站在旁边劝她，说身体不好就不要辛苦做这些。正说着，母亲从厨房里出来，手中端着一盘色香味俱佳的湖南小炒香干。

母亲一看见孙阿姨帮她弄了满满一盘香菇瓣，顿时急得直瞪父亲："你怎么让小孙做这些事情呢！她身体不好，你又不是不知道！"

那时，他们虽已都是人到中年，但母亲还是一直执拗地称呼孙阿姨为"小孙"。好像历经了这么多年的岁月，他们从未变老。

父亲见母亲埋怨他，只能讪讪地笑笑："我哪儿拦得住小孙啊，她一直里里外外一把手，各方面都要求高，她见你在厨房里忙，就自己把香菇处理好了。"

母亲无可奈何地笑笑，对我说："你孙阿姨还是年轻时的脾气，处处要强，当年出野外的时候，男同志能做的她能做，男同志不愿意做的，她也要摩拳擦掌地试一试。"

父亲在旁边直摇头："小孙你没必要，毕竟是女同志，如果你不是处处掐尖要强，也不会落下这一身风湿的病根儿。"

父亲的话音还未落，母亲赶紧使眼色制止，笑着对孙阿姨说："我就差一个香菇油菜了，你们先吃，我炒菜跟我爱人没法比，可既然你来了，我必须下厨！你看看，这道湖南小炒香干怎么样？想当年，还是你教会我的呢。"

孙阿姨看着那盘小炒香干，眼中浮起了一层雾气，她垂下眼帘，用变形的手指轻轻划过眼睛，把快要形成"水滴"的雾气抹掉了。

"这么多年过去了，你这道菜越做越好，比我当年教你的还好。"孙阿姨笑笑。

那顿饭，大家相谈甚欢，父母像在一瞬间又年轻了，这是平常我根本无缘见到的。

孙阿姨告辞后，母亲才告诉我，孙阿姨患有严重的风湿病，都是当年出野外时，条件艰苦缺乏保养造成的。这种病，死不了，可轻易也治不好。

那次以后，我再也没见过孙阿姨。结果，这次得到了她去世的消息。

我在沙发上看着母亲手中的餐巾纸，皱皱的，略带潮湿，却说不出一句话来。

我的脑海里，不停地回放着母亲对我讲的那些湖南旧事……

4

母亲是北京姑娘，在东城钱粮胡同的姥姥家长大，与我父亲相识相恋在校园，临毕业的时候，父母双双被分配到了湖南长沙的同系统单位。

母亲曾经很多次告诉我，初到湖南，她对当地的风土人情极不适应，虽然父亲百般呵护，她还是极度思念远在北京的亲人。平常的日子还好，遇上年节，思乡之情更是泛滥成灾。

母亲常说，幸好，那时候有孙阿姨。

孙阿姨是典型的湖南姑娘，老家湖南岳阳，父母都是教师，也算出身书香门第，外形秀美，但性格有些像男孩子，直爽开朗，无辣不欢。

母亲和孙阿姨学的专业理论上并不适合女生，但既然选择了这个专业，就安心服从组织分配。

母亲说，那个年代，没有现在年轻人追求的"个性"啊，"个人价值"啊，领导怎么分配，就怎么干活。

母亲和父亲属于品学兼优的类型，不知道是否因为这个，他们双双被分到了实验室，穿着干净的白大褂，穿梭在清洁的装满精密仪器的办公室里。

而孙阿姨，则被分配到了需要出野外的部门里，她的日常工作，比坐办公室要艰苦很多。她也曾跟母亲抱怨过，但是领导决定的事情，谁也不能改变，只能默默遵守。

母亲初到长沙，最不适应的是气候，夏天大火炉，冬天没暖气。因为想家，经常一个人躲在被子里哭。孙阿姨一直耐心地劝她，逗她开心。单位有欺生的，也是孙阿姨利用本地人的优势一一化解。母亲说，那段时间，她对孙阿姨的依赖极重，主要是心理上的居多。

母亲每次跟我念叨起湖南的日子，言语中总是带着一丝苦涩："那时候，大家物质生活都不富裕，为了买一块心仪已久的上海牌手表，我足足吃了半年的豆腐干，幸亏湖南的豆腐干好吃。"

母亲性格单纯，时常做出一些让人啼笑皆非的事情来。而孙阿姨总是那个帮她化解矛盾的人。

母亲单位偶尔组织员工去长沙附近的农村劳动，母亲是城市姑娘，对农村很陌生，看什么都新鲜。

一次，在乡下，她见到路边一个不起眼的小房里，有一盆非常好看的花，好奇心起，便摘了下来。刚巧被孙阿姨看见，她一把打掉，说："这是人家老乡留的种子啊，快扔下，咱们赶快跑。"

母亲闻言扔下那朵花撒腿便跑。

可能是母亲突然奔跑的动作太猛烈，惊动了路边的一只黄狗，黄狗疯狂蹿起，追逐母亲，母亲天生怕狗，哇哇大叫着奋力奔跑。

一人一狗，一前一后，深一脚浅一脚地在崎岖不平的乡间小路上狂奔，母亲的尖叫，黄狗的狂吠，惊天动地。跑着跑着，前面已经没有路了，只有一条小河，母亲无法控制对狗的恐惧，扑通一声就直接跳进了河。

幸好河不宽，水也不深，水流也不湍急，母亲虽然浑身湿透，却并无危险。她勉强在水中站着，一边尽量保持平衡，一边手忙脚乱地把头上身上的水草往下扒拉。

孙阿姨和一帮同事紧紧追在黄狗身后，孙阿姨一边提醒母亲注意，一边不停地用小石子击打那狗，他们眼看着母亲跳了河。等孙阿姨等赶到，黄狗正站在岸边冲着母亲吐舌头大喘气，孙阿姨也瞪着狗，黄狗看到这边人多势众，摇摇尾巴悻悻地走了。

大家七手八脚把母亲从河里捞出来，一群人笑瘫，母亲吓得浑身没有力气。

每次跟我回忆这一段，母亲都会笑得前仰后合，她坚称是孙阿姨的一身正气吓跑了那只黄狗。

那段日子欢快而单纯，母亲与父亲的感情也进展得非常顺利，二十世纪六十年代中期，父亲因为出色的工作成绩，被调往北京的一个事业单位。

而母亲，则暂时还得留在湖南。

孙阿姨与母亲一直住在一个宿舍，彼此照应着。

5

二十世纪七十年代初，母亲到北京与父亲正式登记结婚。

我见过爷爷奶奶民国时代洋气的婚纱照，而我的父母，结婚时却只有一张坐在床上的合影，而那张床所在的房间，还是父亲的同事借给他们度蜜月用的。

那张黑白的"结婚照"，已经微微地折了角，泛着久经岁月的沧桑光芒，母亲梳着两只可爱的羊角辫，清亮的眼神中透着对未来的憧憬。俩人的头紧紧贴着，眼角眉梢都是藏不住的爱意。

我上中学时就见过这张照片，母亲对我说："那时候，我专程赶到北京结婚，你孙阿姨她们都为我高兴，说你们两个牛郎织女总算修成正果了，真为你们高兴！"

生活在波澜不惊中推进，也有着点点遗憾——整整七年，他们一直过着牛郎织女两地分居的生活，一个在北京，一个在长沙。

我曾经很认真地问过母亲：那么长时间两地分居，有没有考虑过将来？有没有向领导诉苦争取调动？

母亲无奈又心酸地跟我说："我们那个年代的人，就是选择无条件地相信组织，相信单位会为职工解决这么显而易见的困难，所以我和你爸爸几乎就没有主动向组织上抱怨过什么，跟你们现在的年轻人不一样，你们更有个性，会争取自己的利益。"

于是，一年中有限的十二天探亲假，都被精打细算地用来团聚。每次回北京，母亲都要带上大包小包的东西，坐很长时间的火车，将一段时间的相思，化成见面后的一个深沉的凝视或拥抱，还有一句"你好吗"。

父亲同宿舍的同事是北京人，他家在东城，单位在西城。平常因为懒得两边跑，大院儿食堂吃得又好，所以住在西城的宿舍。母亲探亲的时候，这个同事就会"识相地"回家住几天。

母亲每次从湖南回北京，必带的就是香干和腊肉，还有一应的相关佐料，她怕北京买不到。单位宿舍有电磁炉，母亲会在这样简陋的条件下，做一盘湖南小炒香干。

母亲真的不擅长烹饪，做菜不是咸了就是淡了，但父亲总是吃得津津有味。几十年了，这个习惯从没有变过——只要是母亲烧的菜，无论味道如何，他都坚持说好吃，带着满足的笑。

那段日子，就在一次次相聚和别离中倏忽滑过。

父亲的事业发展得非常好，有赏识他的领导，有志同道合的同事，渐渐成长为单位里的中流砥柱。

闲暇的时候，父亲就悄悄思念着远方的母亲，和她百做不厌的那道湖南小炒香干。

分居期间，母亲身边的同事和朋友也渐渐走上了生活的正轨，渐渐成家立业、生儿育女。

孙阿姨很幸运，嫁给了单位的黄书记，后来，她不用出野外了，也进入了实验室工作。

然而，因为过去野外艰苦的环境，孙阿姨患上了严重的风湿病。湖南的湿气很重，当地人嗜辣，最主要的目的就是驱湿。患病后的孙阿姨，手指开始慢慢变形，一痛起来便钻心。

回实验室工作后，孙阿姨渐渐成了母亲的上司，母亲说起这事，总说当时蛮开心的，觉得自己的闺蜜做领导，工作会更好沟通。母亲说她这个人心思单纯，从来也没想过孙阿姨升迁跟她老公会有什么必然的联系。

我父母虽然都是理工科出身，但是会将相思寄予文字，母亲说她写过一篇《脚步声》，大意是听到父亲在走廊的脚步声时，心中会澎湃。长久的两地思念，让她把这种在湖南办公室再也听不见的脚步声，作为一种听觉的记忆，深深地刻在脑海中……

这种相隔京湘的思念，无奈又漫长，像江南黏黏糊糊磨磨唧唧的梅雨季，看不到尽头。

直到二十世纪七十年代初的那个冬天，一件突发的事件，推进了父亲母亲团聚的进程。

6

父亲是工作狂，一工作起来就废寝忘食。这个习惯一直持续到他退休后返聘到北京的一个国企。

当时单位的科研任务也很紧张，他负责一个重要项目的落地，作为项目负责人，不仅要领导团队科研攻关，还要协调单位各方面的关系。

终于，父亲病倒了。

那是一个凛冬的深夜，父亲还在实验室工作，突然，他觉得整个胃都在绞痛，冷汗一层层地冒了出来，直到后来疼到眼前一黑，晕倒在了地上。

身边的领导和同事七手八脚地把他扶上了救护车，救护车凄厉的鸣叫声穿透了北京的寒夜。检查结果直接而冷酷：胃穿孔。

单位领导十分重视父亲的病情，因为他的配偶不在身边，便安排同事们二十四小时轮流值班守护。

胃穿孔在当时是一个相当危险且痛苦的病症，领导与父亲的主治医生进行了充分的沟通，决定立刻手术。

手术很成功，而父亲的胃，被切除了四分之一，直到今天，依然可以看到父亲的腹部有一条细长的疤痕。每每提到这个疤痕，父亲总要夸两句那个主治医生，说他的医术高超，缝合得非常精巧。

大手术过后，父亲虚弱地躺在病床上，身边穿梭着医生、护士和同事的面孔。能在病床上慢慢坐起来的时候，父亲单位负责组织人事工作的林主任赶到医院看望父亲，他带着丰富的礼品。

林主任一进门，就用手势制止了想起身与他打招呼的父亲，笑着说："我这是代表所领导和同志们来看你，这次你命大，主任亲自操刀给你做的手术，非常成功。"

父亲虚弱地说："给组织上添麻烦了。"

林主任笑着摆摆手："你要安心养好身体，岗位上还有很多攻坚克难的任务等着你哪！"

父亲又问："我爱人还在湖南，我生病的事情告诉她了吗？如果还没有的话，就不要告诉她了吧，免得让她担心。等我完全康复了，再把这件事情告诉她。"

林主任有点惭愧地低下头，"哎"了一声，又抬头望着父亲："你这场病来势汹汹，大家都措手不及。有些话，这次也不得不跟你说清楚了。说实话，你们夫妻两地分居的问题，组织上其实一直特别重视，我们几次与湖南方面沟通解决，希望实现调动，但都因为种种问题没有成功。"

林主任伸手握住父亲冰冷苍白的手，好像千万句"对不起"，都在这一握中。

父亲听后非常惊讶，因为林主任从来也没跟父亲提起过要调母亲进京的事，他以为组织并没有特别重视。

林主任又继续说："我们这些年，几次对湖南的兄弟单位表达，希望解决你们夫妻两地分居的问题，可是湖南方面很奇怪，总是以各种莫名其妙的理由拒绝。我和咱们单位领导也奇怪，究竟你爱人是什么样的稀缺人才，会让湖南那边那么'爱才如命'？我跟单位领导商量，能不能走'人才交换'的路子，咱们领导毫不犹豫地特批了这件事，然后我马上向湖南方面提出用研究生交换你爱人的建议，但还是被湖南方面严词拒绝了。我追问具体的理由，他们又给不了什么特别上台面又有说服力的理由，但就是坚持不放人。"

林主任停顿了下，温和地看着父亲："你是单位的技术骨干，组织上虽然从来没有跟你提起，却是每时每刻都在努力。你和你爱人结婚快六年了，孩子也没有，你这次生这场大病，如果有你爱人在身边照顾，我们做领导的也放心，可是……所以这次必须调动成功！湖南放人也得放，不放也得放，如果他们还是扣住人不放，我们就向部里反映！真到部里，他们必须给出有充足说服力的理由来！"

父亲在病床上，听得目瞪口呆，那几天发生的事情，无论是他突然患病，做大手术，还是平常见面只是点头之交的林主任突然走进病房跟他交代这些年他从来不知道的"内幕"，信息量太大，让他一时之间脑袋有点蒙。

父亲在后来的回忆中告诉我，当年林主任对他说完那些话，他刚想从病床上起来表示感谢，又忽然眼前一黑，昏了过去。

当父亲再次清醒过来时，天空已经是暗暗的蓝紫色的黄昏，林主任早走了，身边是照顾他的同事的笑脸，他刚想说句什么话，又昏沉沉地睡了过去。

大约在 1973 年，母亲终于完成了调动，回到北京与父亲团圆。

据说林主任当时在领导的授意下，直接出差到湖南，与湖南那边主抓组织人事工作的领导面对面沟通，希望兄弟单位能够"高抬贵手"。他真的威胁他们，如果不放人，就向部里汇报……

当母亲终于拿到那张盖着红色公章，轻薄又沉重的调动书时，当场泪流满面。

离开湖南之前，母亲与湖南同事一起聚餐庆祝。孙阿姨准备了一桌子菜，母亲也亲自下厨炒了那道拿手的湖南小炒香干。

临别，孙阿姨不舍地对母亲说："真替你们高兴啊，终于团圆了。"

母亲依依惜别湖南，奔向了北京。

到北京第二年，生下了我。

7

转眼到了二十世纪九十年代，父母的生活一直平安顺遂。他们在单位一直很稳定，与湖南老同事的联系也从来没有断过，那时候没有现在这样通信发达，信件和彼此拜访是异地沟通最常见的方式。

我自从初中那次见过孙阿姨，往后就再也没见过她。

但之后孙阿姨曾经辗转托人给我们带来母亲最爱吃的湖南香干、腊肉和其他土特产，母亲如获至宝般地炒给我和父亲吃。

曾有一位王叔叔出差顺路替孙阿姨看过我们。此人也是湖南单位的同事，那次他来北京，母亲席间向王叔叔询问孙阿姨的近况，王叔叔慨叹一声，说孙阿姨经历了不好的事。

他说孙阿姨的风湿病越发严重，曾经一度考虑过提前病退，但还是坚持上班。她一向要强，希望能在正常的年龄再退。

还有一件更不好的事，是孙阿姨的爱人黄书记出了意外。

那是一个又湿又冷的冬天，孙阿姨的爱人去一个县里的下属单位考察，组织员工在一个简陋的小礼堂开会，大家以炉子为中心，团团围坐。

湖南是没有统一供暖的，冬天特别湿冷，下属单位的取暖方式很落后，就用土炉子。那种炉子母亲详细跟我描述过，就是把一堆木柴，放在一个废弃的汽油桶里点燃。

开会的时间快到了，参会的人陆续赶来，黄书记吩咐他的司机把那个炉子点上。

司机平常跟着黄书记，下乡不多，哪儿见过这种简易的炉子？为了尽快点燃炉子，他出门找了一个小盆子，从自己的车上接了一点汽油。他想把汽油点燃，再把盆子放入炉子，毕竟汽油是绝佳的助燃剂。司机觉得这样干活效率更高。

结果，悲剧发生了，司机低估了汽油见火后的猛烈程度，也高估了自己的心理承受能力。

当他把点燃的火柴放入汽油中时，愤怒的火苗顿时像受惊的野马一样，在小盆中蹿起。

火苗越蹿越高，他吓坏了，本能地将那盆汽油向脑后一抛。

不偏不倚，汽油盆正好落在孙阿姨的爱人的头上。

所谓的"祸从天降"，也不过如此吧。一刹那，整个礼堂充斥着黄书记无比惨烈的哀号，他跳起来着急忙慌地把那盆火从头上向地下扒拉，那些易燃的液体，挟着红色的火苗，像一条条吐着芯子的小蛇，嗞嗞啦啦地在他身上缠绕，蜿蜒……

现场众人目瞪口呆，几秒之后才反应过来，一拥而上，替黄书记灭火。

火很快被灭了，黄书记在哀号中被大家七手八脚地送到了医院。

万幸生命无忧，只是身上烧伤严重，尤其脖子上的伤疤十分骇人，从此，黄书记就再也没穿过没领子的衣服了——即使是在长沙那个出了名的大火炉里。

这件事发生后，孙阿姨夫妻俩就变成了两个互相搀扶的病号，但孙阿姨非常要强，既没有抱怨，也没有病退，就那么撑着。

她也没有告诉一直与她通信的母亲。

王叔叔说完，大家都非常唏嘘。人的年纪大了，眼前的事情越来越模糊，过往的一切却越来越清晰，曾经的闺蜜同事，经历了如此的惨剧，大家心里十分难受。

后来王叔叔也调到了北京，他还和我母亲凑了一笔钱，又买了一卷挂历，寄给了孙阿姨，还附了一封信。钱并不算多，但代表了老同事的一片关心。至于挂历，可能现在很多人对它都已经陌生了，但在二十世纪八九十年代，挂历是一种非常有面子的礼品，有很多工作室和模特，专门以拍摄挂历为业。

但没过多久，孙阿姨把钱和挂历原封不动地退了回来。她附了一封很短的信，大意是我们很好，真的不用那么关心，谢谢了。

我父母和王叔叔很无奈，都这个年纪了，孙阿姨还是那么要强。

再有孙阿姨的消息，就是那个我出差回来的春天了，母亲告诉我孙阿姨的死讯。

关于当年获知孙阿姨死讯后，父母到底神神秘秘地去外面做了什么事，母亲一直没跟我说，哪怕我刻意问她，她也摇头。

8

直到 2003 年清明前后的一个周末，我和父母在客厅聊天，这个谜底才突然揭开。大概这个节气真的让人容易生发感情，在悲伤的气氛中，让人不由得想起很多已经随风而逝的人与事。

那天母亲突然毫无征兆地对我说："你还记得你孙阿姨吗？"

我说："当然记得，她怎么了？"

母亲叹口气："以前你一直问我，那天晚上我和你父亲到底出去做什么了。我一直没有告诉你，因为我觉得这是长辈的事情，你作为晚辈没必要知道。而且，当时有些事情我和你父亲一时半会儿也接受不了，所以并没有特别跟你说起。"

我笑着说："您的顾忌是对的，长辈的事情，如果您不主动说，我也绝不勉强。只是我也一直很奇怪，得知孙阿姨去世那天，到底发生了什么让你们'一时半会儿'难以接受？"

我尽量让我的肢体语言轻松。而母亲的表情依然凝重："你孙阿姨在去世前，写了一封很长的信给我。

"这封信，让我颠覆了我活到这把年纪对'人性'的认知。你那天回来，看到我和你爸爸拿着一包东西出去，就是为了烧那封信，跟那封信放在一起的，还有纸钱。"

"为什么要烧掉那封信？！难道那不是孙阿姨给您留下的一份珍贵的念想吗？"

在那个略带忧伤的清明节的下午，母亲缓缓地跟我说了事情的前因后果。

原来，在我出差快要回来的前几天，父母接到王叔叔的一个电话，说孙阿姨刚刚在医院去世了。

孙阿姨去世前，王叔叔正好在长沙出差，他去看望了孙阿姨。

孙阿姨见到王叔叔很高兴，精神状态也有些好转，俩人回忆了很多旧事。孙阿姨说话依然有些吃力，她从枕头下拿出一封手写的信，封面上写着我母亲的名字。

孙阿姨疲惫地笑着："老王，我拜托你一件事情。这封信，麻烦你帮我带给她。我本来想邮寄给她的，正好你来了，就不邮寄了。"

王叔叔含着眼泪同意了，他只道孙阿姨与我母亲的感情深厚，临终放不下曾经一起共事的闺蜜情谊。

回京后，王叔叔把这封信交给我母亲。那封信很厚，大概有三四页纸。

母亲看完后，脸色煞白，立刻将这封信给父亲看，父亲的震惊并不亚于母亲，用"五雷轰顶"来形容好像也不过分。

母亲努力回忆了那封信的内容，事隔经年，她还是能将这封信的每个关键点都详细说出来。以下我就把这封信再复述一遍。

当你看到这封信的时候，我已经离开了这个世界。人死后到底是上天堂还是下地狱呢？我不知道。我只想在我离开这个世界之前，为我曾经的行为，向你忏悔，请求你的原谅。

当你们从北京来到湖南时，我也刚进单位，我们被分配在一个宿舍，领导安排我在生活上多照顾你，专业上要向你们多学习。我一边在工作生活上尽力照顾你，一边想，无论是工作还是个人生活，哪方面我也不能比你差啊！那时候，我就开始暗中跟你比，我是一个很要强很较劲的人，你有的我也必须有。

说实话，你没有我漂亮，没有我会生活，也没有我会处理人际关系。但你学习成绩好，业务上确实比我强，你还有一个处处依着你扶持你的男朋友。他因为出色的工作能力，一到单位就被分配到了实验室，很快就被提拔为副手。因为这层关系，领导出于照顾，当然，也因为你品学兼优，让你也留在了实验室，说你们在业务上配合默契，能更好更快地为单位出业绩。

所以，你能舒舒服服地坐在实验室里，穿着干净的白大褂，而我，比你漂亮，比你会生活，又是本地人，可是，我却只能被分配在野外组，每天起早贪黑，风里来雨里去，在条件极其艰苦的环境中工作。我们每天都能在宿舍见面，都是女孩子，花样的年纪，我日日灰头土脸，你却可以光彩照人，明明你是没我漂亮的。

我为了在工作上不落下风，人前表现得比男同志还要努力还要强势，我就是想在工作上同样也做出成绩，堵住领导的嘴，以至于落下了严重的风湿病，并被其缠绕一生。直到风湿慢慢转成了严重的心脏病，住院成了家常便饭，我才有机会冷静下来，给你写这封长信。

在生活上，你下厨也不在行，只能顿顿吃食堂，为人也是个大大咧咧没心没肺的北京大妞儿。可你的爱人戴副眼镜，斯文又温和，他对你照顾得无微不至，你发脾气他也顺着你，多少人羡慕你你知道吗？而我呢？因为野外的工作性质，想打扮也没有人看啊，那时候野外队有日久生情的男孩子追过我，被我拒绝了。在婚恋上，我必须不能输给你！

我费了九牛二虎之力，终于嫁给了咱们单位的领导，老黄。老黄性格暴躁没耐心，但是他能让我坐办公室，他能让我进实验室！我终于不用出野外了，我也穿上了白大褂！我当时的心情无法用语言表达，我感觉我终于把你比下去了：工作中，我也跟你一样坐上了办公室；个人问题上，我爱人虽然没那么温文尔雅，但他也是一个单位说一不二的领导。

正当我觉得可以松一口气时，你爱人因为出色的科研能力，被北京同系统的大单位的领导相中了，眼看着前途似锦。在湖南这些年，你最思念的就是北京，经常跟我回忆在钱粮胡同娘家惬意舒适的生活。你告诉我你吃不惯湖南的饭菜，太辣又太咸，我就教你做菜，最简单的就是湖南小炒香干了，其实，你做的也不过尔尔，但我早就习惯了鼓励你。

你一定很奇怪，为什么你爱人去了北京以后，那么长时间你都得不到调动，我相信你爱人单位的组织人事部的负责人也曾经跟你们有着同样的困惑。这件事背后的真相，就是我这封信想重点告诉你的，虽然，这个真相可能会让你既惊讶又对我和老黄产生怨恨，但是我还是决定要在我离开这个世界前告诉你，我不想把它带到九泉之下。

阻碍你被调动的人，正是我和我的爱人。老黄作为书记，负责管理单位的组织人事的工作，北京那边每次沟通调动，单位的人事科长都会向老黄请示，当然每次都是不批准。所以当你们追问人事科长具体的原因，他也说不上来。所有的一切，都是我指使老黄那么做的。我不想看到你们在北京团圆，那时候我还年轻，心气盛，我就是控制不住自己那么做，老黄虽然脾气不好，但是也处处依着我。所以，如果你们要怪的话，不要怪他，一切的缘起，都在我……

后来，你还是终于和你爱人调动到一起了，你们真的应该感谢你爱人的单位和林主任，他们一直坚持不懈，最后给老黄和单位的压力，才让老黄下定决心给你签下调动函。如果那次再拒绝你的调动，很可能就会惊动部里。况且当时我觉得，已经整整七年了，你的很多大好时光也已经一去不返了，你们夫妻分居那么长时间，你爱人在北京独自面对突如其来的大病，也让我当时觉得心理平衡很多。

你回京后，你和老王还给我寄钱和挂历，我心里很不高兴，我从来要强，不喜欢别人的施舍和可怜。还有就是，你们越对我好，越显得我卑劣、小人。我去你家看过你，你终究还是家庭幸福美满，你爱人对你依然百依百顺，孩子也懂事可爱。当时我心里也是五味杂陈。

从你家回湖南没多久，我们家老黄就出意外了，我的风湿病也日益严重，那段时间，我们俩住在一个医院，只是楼层不同。单位领导照顾我们，告诉我们可以病退，但是我和老黄都拒绝了，出院后，我还是坚持一边照顾老黄一边照顾自己，直到在法定年龄退休。

当我和老黄双双退休，我觉得，我这一生，对自己有了交代。没有什么大富大贵，但也算在坎坷中走到终点。我唯一觉得于心有愧的事情，就是对你们夫妻俩，毕竟，你和你爱人本来就是晚婚，又因为这件事情劳燕分飞了七年。人生苦短，又有几个七年？然而，我又能再去弥补些什么呢？现在我即使再万分后悔，也弥补不了过去的错误，弥补不了你和你爱人因此受到的伤害，我只能在我离开这个人世时，替我和老黄说一声，对不起。

母亲用极冷静的口吻复述完这封信，如释重负地呼了一口气，她满眼慈爱地看着我："你知道我为什么把这件事情瞒了你三年吗？因为我也很矛盾，我既不想让你看见这样的人性而失望，又怕你不懂这样的人性而幼稚。那时候你刚去外企，一切都是新的，要去学习适应，我怕你分心……"

我怅然若失地靠在沙发上，半天说不出一句话来。我轻轻拉起母亲的手，用力地拍了几下："老妈，谢谢您的良苦用心，无论谁遇见这种事，都会有很长时间的心理阴影。您现在如何看这件事？"

母亲没有立刻回答我，只是把头转向一边，透过落地飘窗遥望远处的天空，时值日暮，残阳似血，窗户微微开了个缝隙，空气中混杂着花香和泥土沁人心脾的气息丝丝缕缕地渗了进来，我一直觉得，那是一种积极向上、充满生命力的味道。

母亲缓缓地回过头，坚定地望着我："我和你父亲既难过又理解。难过的是被最亲爱的人伤害，理解的是，她在那种情境中有这样的行为，也不算意外。我们那天出去给她烧纸钱，跟她说了一句话：'这件事，我们选择原谅。'"

说完这句话，母亲落寞得如一片风中的残叶。她用宽厚而柔软的手掌，紧紧地握住了我的手。

好像在给我力量，又好像努力从我这里汲取爱意。

9

再往后的日子，这件事情，很少在我们家被提起。

湖南小炒香干，那道母亲最拿手的家常菜，一段时间之后，她偶尔还是会做，她还是会回忆起湖南的青葱时光，只是再也不提孙阿姨。

这件事在某种程度上影响了我的三观，很多时候，人与人之间的关系并不像表面上那么简单，就像一座年代久远的冰山，能让你看到的，也许仅仅是一角，大部分则深藏在海面下，稍不注意，船就会撞上它，黯然沉没。

人性从来没有你想得那么好，也没有你想得那么恶。

【编者语】

这个故事有点长，全篇娓娓道来，以"小炒香干"为引，完整记录了一段复杂的友谊和人性的多面性。希望大家喜欢。

一场不对等的婚姻引发的悲剧

春雨琳琅 / 文

1

"买墓地的钱，一定要一人摊一半儿，大军和小军是我们共同的儿子，即使我们已经离婚了。"

"好吧。"汪阿姨擦了擦眼泪。

这是我父母单位的同事林叔叔和汪阿姨的对话。

2018 年春节，汪阿姨特意从澳大利亚回来，处理两个儿子的身后事。在此之前，林叔叔一直把儿子们的骨灰放在家里，不肯入葬。

两个儿子在青春期就双双离世。这是一场彻头彻尾的悲剧，源于他们父母不对等的婚姻。

2

我父母单位，是一家国有事业单位，从小我就生活在这个单位的大院儿里，一边是工作区，一边是生活区。那时候很多单位都是这样，一个单位就是一个"五脏俱全"的小社会，生活与工作没有明确的界限。我并不喜欢这种生活方式，因此大学毕业后直接去了外单位工作。

汪阿姨是高知家庭的独生女，她父亲还是单位里一个有实权的领导。汪阿姨大学毕业后，作为职工子弟，四平八稳地被分到了我父亲负责的一个部门，我们两家的关系很熟。

汪阿姨人长得十分漂亮，身材高挑，笑起来有一口闪亮的白牙，学历、家庭、工作样样拿得出手，大家都说她将来肯定嫁得特别好。

她刚一上班，各种门当户对的公子哥儿便纷纷托人上门求亲，汪阿姨一家几乎挑花了眼，也不知道该选哪一个。

最后让所有人大跌眼镜的是，她偏偏爱上了一个刚分配来的大学生，"凤凰男"林叔叔。林叔叔人特帅，是从西部农村飞出来的"金凤凰"，因为品学兼优，踏实肯干，被单位领导看中。

汪阿姨是个文学青年，古今中外的爱情小说看了很多，再加上年轻，当时的汪阿姨觉得"爱情"就是一种至高无上的存在。

汪阿姨的父母不同意，一家三口屡次为汪阿姨的婚姻大事起争执。

她的父亲激动地说："人家给你介绍的小伙子哪个比小林差了？婚姻这件事，门当户对最重要！谈恋爱的时候图一时痛快在天上飞，结婚后一旦遇见实际问题，分分钟就得摔下来，摔得要多惨有多惨！哭你都找不着调门儿！"

汪阿姨从小一路顺风顺水，任性惯了，哪里听得进父母的劝告？一来二去就与家里闹得很僵，后来干脆搬到单位的单身宿舍里，临走前跟父母说："我这辈子是非小林不嫁了，什么结果都不后悔，真爱能战胜一切！"

从此，汪阿姨和父母虽还住在一个大院儿，但已经不在一个屋檐下。这样的好处是减少了争吵，麻烦的是日常沟通也少了。

汪阿姨这招撒手锏让老两口傻了眼，于是汪阿姨的父母就请我父亲以直接领导的身份劝他们分手，母亲当时坚决不同意我父亲管这个"闲事"，但架不住汪阿姨父母软磨硬泡，我父亲也只能硬着头皮跟着汪阿姨父母一起去试着劝劝。

汪阿姨毕恭毕敬地听完了我父亲"善意的忠告"，轻声说："真的特别感谢领导关心，但是，我已经决定跟小林结婚了，今生今世，不想分离！"

老爸碰了一鼻子灰，也不能说什么，回家后让我母亲好一顿数落。

父母见女儿那么坚决，也只能由他们去了。汪阿姨的父亲恨恨地感叹："看吧！这是时候还没到呢，她真跟了小林，将来指不定有什么大麻烦！我们做父母的，也只能尽人事听天命了。"

多年后回忆起来，我父母一直说，这是一语成谶。

3

汪阿姨和林叔叔很快就"有情人终成眷属"了。

因为俩人资历都很浅，单位也没套间分给他们，汪阿姨又不愿去求做领导的父亲，就直接把林叔叔的单身宿舍腾出来做了新房。虽是单间，也是单位领导看在汪阿姨父亲的面子上给的照顾。

婚后不过三年时间，汪阿姨就分别生了大军和小军，大军出生于 1980 年，小军出生于 1981 年，兄弟两个都遗传了汪阿姨的高颜值，紧接着 1982 年就开始严格执行计划生育了。

两个可爱外孙的出生，让汪阿姨父母冰冷的情感渐渐融化，毕竟隔辈疼是人之常情。

两个大孙子的出生，让林叔叔老家的父母更兴奋无比，一心只想看看孙子，但一是儿子的房子小，不方便住人，二是不方便带着那么小的孩子去条件不太好的农村。所以林叔叔的父母有相当长的一段时间，都没有见到日思夜想的孙子。

我曾隐约听我父母说过一些他们夫妻婚后相处的事情，据说开始的两三年琴瑟和谐，到了婚后五六年，林叔叔跟汪阿姨说，他父母实在是太想孙子了，现在孩子也大一点了，能不能过春节的时候回一次西北老家？

汪阿姨也觉得再不让爷爷奶奶看下孙子，容易落下话把，就勉强同意了。两口子抱着大军一路颠簸回了林叔叔的老家，小军太小，只能留给姥姥和姥爷照顾。

那是汪阿姨在农村度过的第一个春节，她强忍着不适，勉勉强强住了三天就说不住了，林叔叔只能顶风冒雪地陪着她回来。

大军刚回来就感冒了，没几天转成了严重的肺炎，差点把小命丢了，住了好几天医院才渐渐好了。汪阿姨边哭边抱怨，都是农村的生活条件和卫生条件不好才让孩子生了病。

等孩子病好了，她又回娘家哭着跟父母诉苦，说农村的旱厕、土炕、猪圈是如何令人无法忍受。

汪阿姨的父母也只是淡淡地听着，无奈地跟上一句："你让我们说什么呢？这段婚姻是你选的，食得咸鱼抵得渴，看你自己的心态了。"

林叔叔的脸色很不好看，可看到大人哭孩子病，他也不能说什么。

那次春节之后，林叔叔就经常与汪阿姨起争执，邻居经常能听见他们家中传来激烈的争吵声，大军、小军两个娃娃也经常在这种不和谐的家庭矛盾中大哭小叫。

4

那时候，大家的生活都不富裕，两个孩子的出生，还是带来了不小的经济压力。林叔叔是长子，要向农村家中定期寄钱，小家庭的经济更捉襟见肘。

汪阿姨守着自尊也不好意思向父母开口。

正在每天为生活焦头烂额的时候，林叔叔农村老家的父母说，无论如何要来看看他们，上次春节他们回去，总共没待几天，结果还病着回来了，这次路途再遥远，也要过来看看儿子一家。

汪阿姨没办法，只能安排他们住进了单位的招待所。老两口的生活习惯与城市里有很大差异，他们说的西北方言，汪阿姨听不懂，经常闹误会。这一家四口挤着一间房子，本来就够乱了，再加上执意要住下看孙子的老两口，从经济到生活氛围就更让汪阿姨崩溃。

汪阿姨父母一看亲家来了，礼数也不缺，过来很礼貌地拜访了一次，还送了很多礼品，再然后就赶紧转身出去旅行了，一下就安排了一个月的行程。他们的意思是眼不见心不烦，也怕哪句话说不对会落埋怨。

林叔叔父母住了一阵子就回老家了。他们觉得住招待所不如住老家的平房舒服方便，儿子儿媳天天忙着上班也并不能常见面，大军、小军虽然可爱，可是婆婆帮着带也不是，不帮着带也不是，汪阿姨的育儿理念和来自农村的婆婆有着天壤之别，总之这一阵子住得所有人都是别扭无比。

老两口回老家之后，林叔叔就为了父母在这里时的很多细节跟汪阿姨发生了激烈的争吵，他说当着他父母他不方便发作，但是汪阿姨和汪阿姨父母做的很多事情，不就是明摆着看不上自己农村的爹妈吗？什么意思啊？看不上自己就早说啊，何必等到孩子都两个了才给自己不堪！

邻居们早就习惯了，有好事的直接告诉了汪阿姨父母，于是大军、小军直接被姥姥、姥爷接过去住了几天。汪阿姨父母对女儿、女婿的争吵日久天长也渐渐习惯了，他们没有办法。

汪阿姨父亲经常摇头叹气："我女儿什么都好，就是太任性了，当初追她的，人家介绍的，排成排，闭着眼随便挑一个，也不会有今天为了最基本的三观和生活方式争吵不休的结果啊。"

这件事情过去后，汪阿姨两口子就年年为了是否要回林叔叔家过春节吵架，几乎每年过春节之前，都要上演一段热火朝天的"样板戏"。

林叔叔和汪阿姨就这样打打闹闹进入了二十世纪九十年代，消磨了当初新婚时的甜蜜与耐心，大军、小军也在这种环境中越长越大。

5

那个时候，汪阿姨就开始对出国移民动了心。后来我和父母聊起来，觉得当时很有可能是汪阿姨潜意识中的一种逃避现实的想法，觉得出国了就能躲开这个"乌烟瘴气"的家。

二十世纪八九十年代，正是"出国潮"非常热的时候，我们单位就有很多出国定居的人家，有的在美国、加拿大，有的在澳大利亚，有的在欧洲某个国家……汪阿姨开始向已经出国的同事打听出国所需要的条件和细节。

林叔叔一开始是坚决反对出国的，他是非常传统的中国人，父母都是农民，养儿防老，天经地义，一旦出国，老家的父母就无人赡养。林叔叔是家中长子，按照老家的规矩，父母迟早都是要来跟着他住的。

而汪阿姨的父母，自从汪阿姨坚持要嫁给林叔叔，把婚姻经营得鸡飞狗跳之后，对女儿之事也渐渐看淡了，只说孩子大了真的管不了了，随缘吧。

我母亲后来一直说，汪阿姨一直坚持出国，就是为了把大军、小军和林叔叔将来都"办出去"，这样就不用再面临原生家庭的矛盾了。

1995 年左右，汪阿姨终于办好了所有的手续，义无反顾地辞了职，去了澳大利亚，那里有单位以前出去的同事，多少可以给点照应。

要说汪阿姨也算厉害有闯劲的女强人，那么难的路，为了孩子，为了家庭，就迎难而上了。

林叔叔根本无法阻拦妻子。但凡事都有两面性，汪阿姨一走，林叔叔老家的父母终于可以搬来跟儿子、孙子一起住了。那时候林叔叔和汪阿姨的工龄也够了，单位分给他们一套小两居，这让两位老人欣喜若狂。辛辛苦苦养儿育女，农村人图啥？不就图个老有所养吗？

那段时间，大院儿里流传着很多汪阿姨出国后的故事。在紧张的工作学习间隙，她利用一切时间和精力去打工赚钱，每天只睡三四个小时，除了刷盘子、打零工、当家教，因为形象气质好，她还在中国餐馆做过门童。穿着艳丽沉重的制服，在寒冷的冬夜里，僵立在大门外，取悦着每一个来来往往的客人。求生的艰辛，被她隐藏在强颜欢笑中。

当年那个傲娇美丽、要风得风要雨得雨的小公主，已经渐渐消逝在异国他乡的夜色里。

圣诞节的时候，我家会收到汪阿姨的圣诞贺卡。那时候贺卡是个稀罕物儿。还经常随信寄一些照片。照片中的汪阿姨，虽然脸色有点疲态，但晶晶亮的眼神中，却充满希望。

为了省下机票钱，汪阿姨去了三年都没有回家，在这三年里，林叔叔和父母及两个儿子过得非常开心，大军、小军虽然极度思念远方的母亲，但每当收到汪阿姨从澳大利亚寄来的各种礼品，也是非常满足和兴奋，汪阿姨还会定期向家里寄钱。

大约在汪阿姨出国后的第四年，林叔叔的老父亲忽然因为急病在家中去世，林叔叔和母亲悲痛着料理完丧事，不久，老母亲又因为悲痛过度诱发脑梗，住了院。经过紧急抢救，又住了好一阵子院，总算出院了，但依然有漫长的治疗期和恢复期。

林叔叔的父母都是没有什么保障的农民，高额的医疗费用让林叔叔家里的经济一下子捉襟见肘起来。

丧葬费也是一笔不小的开支。林叔叔是长子，西北农村的规矩，都是长子养老送终。他老家的弟弟妹妹们也尽自己最大的能力给了经济上的帮助。经过一系列的家庭变故，再加上两个男孩日渐高涨的开销，外界的帮助只能是杯水车薪，老太太每天除了哭，就是哭，觉得拖累了儿子。

汪阿姨在澳大利亚自顾不暇，她父母也年龄渐长，能帮上的确实有限，林叔叔便下定决心要多赚些钱。那时候单位里凡是涉及出国工程的活儿都很赚钱，但是去的国家都是不发达国家。

之前林叔叔因为要照顾孩子老人，无法脱身，而现在他必须选择赚钱，于是他主动跑到领导办公室，要求去最艰苦的非洲工作。领导考虑到他家里的实际情况，同意了他的请求。

可林叔叔走了，老太太和孩子就没人照顾，林叔叔只好厚着脸皮跑到汪阿姨父母家里，眼泪一把鼻涕一把地请两位老人帮忙。他可以请一个全职保姆，还会定期给家里寄钱。

汪阿姨去澳大利亚这几年，她父母从来就没有开心过。从一开始他们就坚决反对女儿的婚姻，现在果然出现了他们最不愿意见到的结果。

但是事已至此，也只能答应下来，让林叔叔尽量放宽心，他们会尽自己所能去照顾孩子和老人。

林叔叔这趟远差，预计的时间是一年，可以得到一笔相当可观的费用。北非的苏丹，奇热无比，动不动就是四十多度的天气，喘口气儿都费劲，走两步就得擦把汗。林叔叔把这一切都忍了下来，一边跟岳父岳母和孩子保持联系，一边时常与澳大利亚的妻子鸿雁传书。

正当他挥汗如雨期望美好未来的时候，家里传来一个噩耗，老太太突然去世了。林叔叔哭得昏天黑地，从非洲赶回来，两个儿子年龄小说不明白，还是汪阿姨的母亲哭着说，老太太从林叔叔走后就不太愿意吃东西，一直念念叨叨地说给儿子添麻烦了，这把老骨头，还活着干什么。大家一开始还以为是老人闹情绪，后来小保姆反映，说老太太经常目光呆滞地跟空气说话，说老头子来接自己了，不能再给儿子添麻烦了。没过几天，老太太就去世了，嘴角还带着一丝微笑。

老太太临走前，把大军和小军拉过来，看了又看，跟保姆说，这是我们林家的大孙子，我看一眼，心里安了。

林叔叔再一次强忍悲痛，在岳丈家的帮助下，处理了老太太的丧事，为了不耽误工作，处理完又匆忙回了苏丹。

林叔叔走后，大军、小军就只能跟着姥姥、姥爷生活了。汪阿姨的父母年纪也大了，很多事情开始力不从心，多数时候是小兄弟俩彼此照顾，哥哥大军经常把小军搂在怀里，告诉他，爸爸妈妈很快就会回来了，咱们将来是要一家四口去澳大利亚团圆的。小军则时常掉着眼泪说，好想妈妈。

大军早就会做饭了，姥姥、姥爷不方便的时候，他就亲自下厨做饭，练了一手好厨艺。小军则会做家务，承包了扫地洗碗等杂活儿，分担哥哥大军的劳累。

那段时间，大军、小军成为单位里人尽皆知的"留守儿童"，外人都知道这兄弟俩感情好，每天形影不离，相依为命。

汪阿姨已经好几年没回国了，从寄回来的照片看，她越来越洋气，越来越自信，而林叔叔为了给两个儿子打下更好的经济基础，又申请了在苏丹延长工作一年，领导正好不想轻易换人，毫不犹豫地答应了。

就在林叔叔延长的这一年里，大军和小军出事了。

6

那大约是在2000年，大军、小军已经长成帅气的小伙子了，自从母亲出走澳大利亚，便再也没有见过面，再加上家中连遭变故，大军、小军的学习都不好，俩人年龄相差一岁，一个高考了一次，一个高考了两次，都以失利告终。

大军和小军自觉不是上学的料，便跟远在国外的父母表达了自己想早日上班的意思。

汪阿姨在澳大利亚跟儿子通完电话，心里不高兴。这些年她在国外没日没夜地打拼，原本希望把孩子接到澳大利亚接受教育，可还没等她强大起来，孩子的教育就已经被耽误了。汪阿姨虽然不高兴，也只能接受这个事实。

林叔叔在苏丹隔空与汪阿姨商量两个孩子的前途，希望岳父岳母能出面向领导请求安排一下大军、小军的工作。事已至此，也只能退而求其次。

汪阿姨的父母便厚着脸皮去求单位领导，哪怕一个不在编的工作也可以。单位领导考虑到林叔叔家的情况，便在单位的一个下属"三产"公司给小哥俩各安排了一份临时工作。领导说先干着，一段时间后再提转正的事情。

大军、小军工作后就不再住姥姥、姥爷家，他们坚持自己已经长大，要独立生活。

汪阿姨的父母当时曾跟我父母抱怨过，当初就应该坚持反对这桩婚事。两人的原生家庭相差太远，造成了三观上的种种不同，还带来数不清的经济压力和沟通困难。如果不是因为这些，女儿女婿也不会非要出国谋生，大军、小军要有父母教养，学习也不会那么差。

但让汪阿姨父母更没想到的事情，还在后面。

那是2000年的秋天，有一天，我下班刚进院门，就看到保卫处的孙叔叔陪着几个穿着警服的警察在布控警戒线，周边的氛围莫名紧张。

我随手拉住院里的芳芳姐问："这是怎么了？怎么警察还进咱们院子了呢？"

芳芳姐打量了一下四周，神秘地在我耳边说："听说是大军、小军家出人命了！"

"出人命了？谁死了？"我惊得下巴都要掉了。

芳芳姐摇摇头："听说死的是一个女孩子，大军、小军杀的，今天一早警察就到了，警车嗷嗷地叫啊，直接把他们家那栋楼拉上警戒线了，大军、小军兄弟俩都跟着警车进了局子了。"

"为什么要杀那个女孩子啊？"我问。

"这个还说不好。"

我和芳芳姐正说着话，便听到大军、小军家的方向传来了一阵撕心裂肺的哭声，一对中年夫妇被人搀扶着下了楼。

过了一会儿，那对夫妇中的女士已经晕倒在地。众人七手八脚地把她抬上车子，送去急救。

我和芳芳姐看得目瞪口呆，这时迎面走来了同大院儿的王阿姨，她眼圈儿红红的，跟我俩说："那个被大军、小军杀死的姑娘的父母来了，听说都是某三甲医院的主任医师呢，就这姑娘一个独生女儿。"

我匆匆回到家里，饭菜已经做好，父母也都听说了这件事，都说太突然太意外了，大军、小军都是那么不哼不哈的孩子，平常深居简出，谁能想到会发生这种事。

过了一段时间，大院儿里开始流传大军、小军的故事，说什么的都有，有说图财的，有说图色的，众说纷纭。汪阿姨的父母经受不住这场打击，几乎是不出家门，幸亏二老早已退休。

一个大周末，汪阿姨的父母和紧急赶回来的林叔叔忽然上门，我和父母都很吃惊，父母连忙把老两口往客厅让，我在抬头的瞬间，看见汪阿姨老母亲脸上清晰的泪痕。

母亲对我说："你先回避一下，去自己房间看下书。"

我点点头回到自己房间，那边大约谈了三个小时，我隐约听见汪阿姨母亲痛彻心扉的哭声，我家与汪阿姨一家太熟悉了，我父亲又是汪阿姨的老领导，所以更有一份超越普通同事的"家人"的感觉。听见汪阿姨母亲哭得那么痛苦，我的心里也很难受。

汪阿姨父母走后，我连忙追问父母他们到底是什么情况。我父母给我描述了事情的真相。原来大军和小军上班以后，手头慢慢宽裕了起来，兄弟俩的梦想就是去澳大利亚看妈妈，他们太想妈妈了。但是他们知道爸爸不会给这个钱，姥姥、姥爷更不可能，他们自己赚的钱又实在不够。

这兄弟俩遗传了妈妈的美貌，却没有遗传妈妈的头脑。汪阿姨在那个年纪出国，尚且做了无数的功课，大军、小军天真地以为只要有足够的钱，就可以漂洋过海去看妈妈。

他们盘算着如何去找钱，最后目标锁定在了那个父母都是三甲医院的主任医师的女孩身上。这姑娘曾是大军的高中同学，品学兼优，承袭了父母衣钵，考上了一个著名的医学院。他们约姑娘来家里玩，没谈两句，兄弟俩就开始动粗，他们想仿效电视中的"绑架"桥段，让姑娘给她父母打电话，将他们所要的款项送到指定地点交割。

没想到那姑娘刚烈无比，别提打电话了，一听到大军、小军的意图，就开始激烈挣扎，大喊救命。大军、小军眼看计划就要泡汤，顿时火冒三丈，怕姑娘大声呼喊让邻居听见，于是又捂嘴又掐脖子，来回撕扯中，姑娘死了。

这一切来得太突然，大军、小军对结果目瞪口呆。

正在大军、小军手足无措的时候，汪阿姨的母亲，也就是大军、小军的姥姥用钥匙开了房门。老太太是给他们送饺子来的，结果看到这令人震惊的一幕。

那可怜的姑娘死不瞑目地躺在床上，一盘饺子瞬间被老太太扔在地上。

在姥姥的引导下，大军、小军哆哆嗦嗦地说了实情。老太太知道这种事情唯有自首最明智。她报了警，告诉外孙自首可以减轻刑罚。

她亲眼看着外孙们被警方带走。

汪阿姨的父母第一时间与单位领导沟通，先由领导出面，给远在苏丹的林叔叔打电话，只是告诉他单位对他的工作临时进行了调整，让他赶快签最早的飞机回单位。

另一边，汪阿姨的父母用非常和缓的方式，将这个消息告诉了在澳大利亚的汪阿姨。汪阿姨几乎一瞬间崩溃，原来所有美好的愿望，在这一瞬间破灭。

汪阿姨特别后悔出国。

林叔叔先汪阿姨回国了，到家一看就昏了过去。

那天晚上，林叔叔和汪阿姨父母来到我家，希望我们帮忙找一个靠谱的律师。

母亲答应帮忙去找。

还没等我父母把律师找好，汪阿姨就从澳大利亚赶回来了，她说不用再找别的律师，她自己带来了一个"很牛"的刑辩律师，非常擅长打类似的官司。

母亲告诉我，这是汪阿姨在澳大利亚认识的美籍华人，姓潘，在国内有些人脉和产业，因为大军、小军的事情，潘先生竟然跟着汪阿姨回了国。

潘先生回国的第一件事情，就是请了一位姓杨的擅长刑辩的律师。杨律师从听到这个案子起就不乐观，他说这个案子事实清楚，人证、物证俱全，两个嫌疑人都是成年人，一个十九岁，一个二十岁，被害人已经死亡，大军、小军犯罪的动机是绑架，同时导致受害人死亡，作为独生女，对方的父母痛不欲生，很难获得对方的谅解换得减刑。

杨律师的话果然应验了，姑娘的父母经济实力雄厚，根本不在乎钱，给多少赔偿也不要，只要大军和小军以命抵命，被判死刑，以慰女儿的在天之灵！

杨律师说，这种案子，因为犯罪嫌疑人有两个，如果有从犯有主犯，那么还有争取的空间，一般来说，大概率事件是主犯判处死刑立即执行，而从犯有可能判死缓，这样就能保住一个。

汪阿姨满眼含泪："大军和小军从小就手足情深，就盼着他们能够有一个认了主犯这件事情吧，这样无论如何也能保住一个孩子。"

林叔叔和汪阿姨的父母也在旁边不断流泪点头。

7

后来的事情，都是听我父母转述的。

据说大军、小军的表现异常一致，他们都一口咬定对方是主谋，而自己是在对方的授意之下才一时糊涂，自己才是那个无辜的从犯，并且有自首情节，请求法院轻判。

两个嫌疑人是血浓于水的亲兄弟，可是在面临生死考验的时候，都毫不犹豫地把生的机会留给了自己。

杨律师说，这个案子说简单也简单，说复杂也复杂，简单的是，根本不用复杂惊险的刑侦过程，犯罪嫌疑人在第一时间对自己的犯罪事实供认不讳，第一现场得到了很好的保护，法医检验结果与案情及犯罪嫌疑人的供述相符。

可是说复杂也很复杂，兄弟俩在这件事情中，到底谁是主谋，谁是从犯，只能从俩人的供述中得到第一手资料。受害者已死，具体的犯罪过程就变成了一场只有两个犯罪嫌疑人才知道的"罗生门"。

杨律师与大军、小军分别接触的时候，非常含蓄地把这些原则性问题与他们沟通了，希望真正的主谋能够站出来，将生的机会留给那个被动跟随的从犯。从法律的角度讲，是伸张正义，从亲情的角度看，是为无辜的父母和老人留下一条血脉。

然而，杨律师的话被兄弟二人同时拒绝了，都更加坚定地一口咬定对方是主谋，自己是在万般无奈之下才跟着对方做了傻事。

事情发展到这一步，是谁也没有料到的。"兄弟阋墙"变得不是一句成语，而是一段就发生在眼前的真实故事。

汪阿姨和林叔叔天天以泪洗面，走法律程序的过程中，两口子又开始了激烈的争吵，林叔叔怪汪阿姨不该爱慕虚荣去澳大利亚，汪阿姨抱怨林叔叔不会挣钱……

汪阿姨的母亲一着急就血压飙升，直接进了医院，老爷子天天忙着照顾老太太，也顾不上这边的事，家里更是乱得没边儿。

没过多久，法院的一审判决下来了，兄弟俩都被判了"死刑立即执行"。

二审的机会兄弟俩是不会放过的，一审宣判完毕，兄弟俩就当庭提出了上诉。

这也是杨律师从很早前就跟他们沟通过的，无论一审宣判结果如何，都要第一时间提出上诉，哪怕二审改判的可能性几乎是零，也要争取多活些日子。

汪阿姨和那个潘叔叔几乎用尽全力去为大军、小军的事情奔波，然而一切都是徒劳。汪阿姨请求杨律师在二审前再争取与兄弟俩人沟通一次，杨律师考虑了一下点了点头。

沟通的结果，当然还是依旧。

二审可以补充证据，兄弟俩甚至互相又都多列举了一些对自己有利而不利于对方的证据。

杨律师无奈地摇摇头，对潘先生说："其实，这个结局我早料到了。只是您的面子在那儿，我必须应着。"

说完，他拿起外套和公文包，头也不回地走了。

二审的结果是当庭宣判的，二审法院维持一审原判。

汪阿姨和林叔叔的婚姻，也随着两个儿子的死亡走向了终结。大军、小军的案子走法律程序的时候，俩人就开始走离婚程序。

大军、小军执行死刑前，被允许见了一次亲人。汪阿姨不敢让自己的父母去这个场合，自己和林叔叔去见了两个儿子的最后一面。

大军和小军终于在临死前见到了妈妈。

大军、小军的骨灰，一直在林叔叔手里。林叔叔对汪阿姨说："我千不该万不该，当初不该对你有什么非分之想，这样，你不用因为与我的家庭相处不愉快和经济压力大而出国，我也不用因为照顾父母和抚养孩子的经济压力去非洲，大军、小军也不会因为没有父母管教误入歧途而命丧黄泉。余生，我只想自己安静地过，你也一切保重吧，就当过去是一场噩梦。"

汪阿姨和潘先生一起回了澳大利亚，到那边后很快就结婚了，听坊间说，潘先生早就在追求汪阿姨了，只是汪阿姨一直没有同意，她一直认为自己一家四口是绝对可以在澳大利亚团圆的。

后来，汪阿姨跟潘先生有了一个小女儿，我们还看过照片，相当可爱。

而林叔叔呢，把大军、小军的骨灰盒静静地放在他们原来居住的卧室里。汪阿姨的母亲曾跟我父母念叨过，林叔叔每天下班回家都会到大军、小军的骨灰盒面前念叨两句话，就好像他们还依然活着一样。

逢年过节，他会做大军、小军生前最爱吃的菜给他们，好像他们依然还会欢乐地从学校放学回来。

这样的日子过了十几年，有人一再给林叔叔介绍老伴，都被他婉言谢绝了。他说："我无论跟谁结婚，她都不可能接受我把孩子的骨灰放在家里。谁看到我与孩子沟通的时候不害怕呢？我还是自己一个人比较好，这个世界，并不是有婚姻就意味着幸福。"

然而，林叔叔还是在自己前丈母娘的不断催促下再婚了。汪阿姨的母亲是个心地善良的老太太，她说："当初我们确实不同意这段婚事，小林和我女儿这种情况，本来就隐藏着比其他婚姻更多的矛盾，但是小林这个人是很好的，重感情，肯努力，没什么坏心眼儿，他年纪也渐渐大起来了，不能真的就这样一个人。"

再婚的对象竟然还是老太太张罗的，一个退休的医生，长得很周正，是个过日子的人，唯一不能接受的就是家里搁着俩骨灰盒。

因此，去年春节，汪阿姨特地从澳大利亚回来，与林叔叔商量大军和小军墓地的事情，汪阿姨说她来出墓地的费用即可，可林叔叔说什么也不答应，他说无论如何也应该各出一半。

8

2019 年的春天，大军、小军的墓地终于找好了。

林叔叔特地在清明那天去扫了墓，我的父母在朋友圈看到了，只能暗暗感叹。

父亲摇摇头："早知道他们是这个结果，我当初就应该跟小汪的父母拼命拦阻这段注定悲剧的婚姻。"

母亲苦笑道："这世界谁也没有前后眼，希望大军、小军入土为安，在那边继续做兄弟吧。"

我突然回忆起，以前有一次在院儿里看见过大军、小军，那应该是个炎热的暑假，大军、小军身上套着宽大的 T 恤，脖子上都挂着留守儿童"标配"的一大串丁零当啷的钥匙，兄弟俩紧紧拉着手，大军还伸手帮小军挡着刺眼的阳光，笑着对小军说："一会儿咱去抓知了吧。"

那一幕，原本只是偶然一瞥，却在经历了世间沧海桑田的变化后，时常不经意地浮现在脑海里。

活在尘世，你永远不知道，哪一帧画面，是你生命中某个人最后的定格和写真。

　　这个故事，对青年人谈恋爱和成年人教育孩子都有很多指导意义，一切都在文章中了。

　　一声叹息。

　　【编者语】

　　这是一个公主与青蛙的故事，故事结局却半点没有童话里的美好。令人唏嘘，也发人深省。

篇章三

生活与考验

花蟒蛇

南朵、子鱼/文

1

"赵照晚自习时从教学楼上跳下来了！"

曼丽拿起手机看微信时，新闻联播刚播完，老刘正在厨房收拾碗筷。

家长群里的这条信息让曼丽从沙发上跳起来，"呀！呀！"地叫出了声。

女儿刘伶俐今年下半年刚上高三，随时关注家长微信群成了曼丽最重要的事。

微信群里有班主任和家长们，相处久了，都基本上知道哪家孩子是学霸，哪家孩子艺体特长多，哪家孩子是个调皮机灵鬼。

这些孩子就读于这个城市一所国家级公立重点中学，都是经过中考一路厮杀考了高分进来的，按照往年的升学数据，年级前二百名大都能上"211""985"类高校。

伶俐从小就是人们常说的"别人家孩子"，长相综合了父母优点，白净秀气，身材婀娜，能歌善舞，学习也拔尖。走路都仰着脖子挺着腰，甜甜地抿着嘴笑，真像一个骄傲的小公主。

曼丽和老刘都是单位的管理中层，年纪四十五六岁。这是个典型的城市小康家庭，夫妻关系已趋平淡却也和谐，夫妻事业稳中有升。

教出了这样一个女儿，曼丽和老刘身边的同事和朋友很羡慕他们。

群里家长们都在讨论这个孩子为什么会这样跳下来，也有家长说那个平台栏杆本来就很低，曾经给学校提过建议说孩子们在上面嬉闹很危险，也有关心孩子伤势现在怎么样的。

"哎呀，这个男孩怎么这样啊？"曼丽冲着老刘嚷嚷，其实都不太能想起群里说的这个男生的模样，估计是个各方面相对平庸的孩子。

可让两口子没想到的是，这件事和自己女儿扯上了关系。

"刘伶俐爸爸妈妈，麻烦你们速来学校一趟。"

班主任李老师来了一个电话，让两人感觉莫名其妙又有点惶恐。

2

晚上宁静的校园里，教学楼灯火通明。

学生们都在教室里上自习，一切和往常没什么不一样。

曼丽和老刘急匆匆赶进教师办公室时，李老师正轻拍着伶俐的肩，和她说着什么。

看到爸爸妈妈来了，伶俐突然哭起来，委屈地钻进曼丽怀里。这还是个孩子哪！

班主任把伶俐对她口述的事件又说明了一下。

赵照喜欢伶俐，他是个内向又拘谨的男孩，从高一开始就对同班这个女孩动了心，偷偷给伶俐写了好几封情书，伶俐一直都置之不理。两人私下也没过多来往。

男孩一直把这个心事写在日记本里，常在文字里述说着自己的少年维特烦恼。

不料，这本日记最近被同班几个男同学无意中看到了，几个男生都笑话他，让他直接跟刘伶俐表白，说女孩子吃这一套。

大家都在上晚自习时，赵照把伶俐从教室里喊了出来。

伶俐莫名其妙来到平台上，赵照说明心迹后，伶俐扭头就要走。赵照说了句："你要是不相信我的真心，我就从这儿跳下去！"

刘伶俐很愤怒，又觉得他幼稚，就没回头，直接走了。

悲剧就这样发生了。

平台在教室三楼走廊拐弯处。

赵照被校方教务处领导和保安及时送到了附近的医院，通知了他的家长。

"这件事听伶俐说了，我觉得和她没多大关系，她受了惊吓，好好和孩子聊聊。"李老师见曼丽和老刘来了，松了口气。

"我得马上去医院看看。当时具体是怎么个情况还得学校详细了解下。"李老师叹了口气，"你说，还不到几个月就要高考了，这下可咋办？"

"还不知道家长会咋闹呢？毕竟在学校里发生了这事。"李老师很焦虑。

曼丽搂着怀里瑟瑟发抖的女儿说："李老师，我们先带伶俐回去，改天我和孩子爸爸去医院看下赵照。"

李老师朝他们感激地点点头："哎呀，你说现在的孩子啊，一个男孩子怎么这么极端！"

3

车子平稳地开在回家的路上，老刘刚想对女儿说几句安慰的话，被曼丽坐在后排"嘘"了一下止住了。

曼丽轻抚着已经哭累了在自己怀里睡着的伶俐，刚经历了这样一件事，对于一个十八岁少女来说，此刻只有委屈、恐慌、不知所措。

回到家，睡眼惺忪的伶俐揉着眼睛，对爸爸妈妈说道："我没做错什么呀！我当时连句话都没和他说。"

"关你什么事！那小子简直是没名堂！"老刘狠狠地摔着脱下的外套。

曼丽用眼神止住了老刘，抱抱女儿："没有任何人可以怪你，老师和同学们都知道事情是怎么样的。

"你该怎么生活该怎么学习，一切照旧！"

"可是，妈妈，赵照他的腿现在怎么样了？"孩子有颗晶莹剔透的心。

"我和爸爸明天会去看望他，你不用担心了，快去洗洗睡吧。"

曼丽一直微笑看着女儿。

伶俐如释重负地进了自己房间。

两口子关上卧室门。

"怎么地，我们还要去看望那个孩子？"

"嗯，明天去医院吧。"

"这样一来，不就掺和进去了吗？你说说，一个男孩动不动为了情啊爱啊就跳楼，这家长怎么教的！"老刘以前当过兵，实在理解不了一个快成年的男孩做出这种行为。

"我们主动去看他，像理亏一样，没有这个道理。"老刘愤愤道。

"好多事人情大于道理，这件事总归是因伶俐而起。"曼丽叹了口气，用手理了理自己的短发。

她做了很多年的人事管理工作，知道有时真不是把自己做好就行了，很多事在情理上可以不用理会，但是现实中得面对。

4

在骨科医院里，曼丽和老刘见到了赵照和他妈妈。

赵照右脚摔得很严重，腰椎骨折，打了一颗可吸收的钢钉。

清瘦的男孩，苍白无血色的脸上皱着两道深深的眉，许是打了麻药，还在沉睡着。

曼丽不由得心疼起这个孩子，怎么那么傻啊！

老刘搓着手："哎呀，哎呀，这孩子，你说你……"

一个女子坐在旁边，默默地、冷冷地看着曼丽和老刘。

她面容姣好，黑油的长发编成一根大辫搭在胸前，淡白的鹅蛋脸上一双深邃的眼睛，眼泡微微有点肿，看起来哭过，年龄要比曼丽和老刘都显小。

曼丽不知道说什么好："赵照妈妈，这个给孩子买点营养品。"她递过一个信封，里面装着一千元。

赵照妈妈捂着嘴哭，肩膀一耸一耸："傻儿子，我怎么给你走了的爸爸交代，你要是有个三长两短，我也不活了……"

原来是个单亲的家庭。

老刘突然急促地咳嗽起来，张了张嘴，似乎想说着什么，又咽了回去。

曼丽看了眼老刘，他从小没有了父亲，也是和自己妈妈相依为命长大的。

他是看见母子情深触景生情了吧！

"你女儿呢？"这个女人冷不丁冒出句话，把曼丽吓了一跳。

"在上学啊。"

赵照妈妈没再说什么，深深地看了曼丽一眼。

那眼神让人心生不适，就好像快冬眠的一条花蛇，看上去斑斓温顺，可你永远不知道它什么时候会吐着信子扑来。

曼丽和老刘没敢待多久，说了几句"好好养身体、有空再来看望孩子"的话就离开了医院。

5

隔天，曼丽和老刘几乎同时收到了赵照妈妈从班级微信群里申请添加好友的请求，"吴芳，赵照妈"。

曼丽和老刘都不敢怠慢，忙同意加好友。

"有空让你女儿来次医院，好吧？"吴芳语气委婉却有点不容拒绝之意。

信息只发给了老刘一人。

老刘征询着老婆的意见："咦，她咋不和你说呢？伶俐高三学习那么忙呢！"

曼丽摆摆手："可能觉得我不会同意吧，你是男人好说话点，我还真反对让伶俐去医院，现在还不到时候！"

对啊，现在让伶俐怎么去面对这个男孩？

　　说"对不起"？女儿没错啊，如果有点矫情，那也是少女对待自己感情的矜持和自重。

　　说"好好养伤"？男孩会以为自己用肉体自损多少换回了女孩的关注和怜悯，不是给他平添几分幻想？

　　曼丽在脑海里百转千回，寻思着最好的处理方式。

　　"告诉吴芳，你把伶俐这段时间的复习资料复印了给他送过去，其他不提。"

　　"好，好，听你的。"这么多年，家里大事小事都是曼丽拿主意，这成了两人的习惯。

　　"孩子这两天腿的疼痛好点了没？学习的事你放心，我复印了所有讲义和课堂笔记。"老刘按照老婆说的一字不漏地发送。

　　"儿子如果这辈子成残疾人了，我真没什么活头了。"那边答非所问。

　　"这个吴芳啊，也是，动不动就说不活了，这种性格是会影响孩子的。"曼丽摇摇头。

　　"他妈妈看样子也就是个小女人，哪像你一直比较顺，啥事又都那么通透，伶俐这点还怪像你！"老刘冒出来的这句话，让曼丽愣了下。

　　可不是！自己处事说话利索，想要的就努力去争取，不喜欢就绝不拖泥带水。人到中年后，连长发也觉得拖沓，常年留着精干的短发，穿着打扮也很简练。

6

医院里，老刘又一次见到了赵照的妈妈。

吴芳把厚厚的讲义资料随手放一旁，朝老刘身后探过身，没见到她想见的人，扬了扬眉。

"你有什么困难可以告诉我们。"

老刘冒出这句话后自己也觉得有点突兀，曼丽可没教他这么说。

"困难是自找的。我命不好。"吴芳没好气。

老刘听出来不友好，但一想到她这么个弱女子拉扯一个孩子过日子，他还是恼不起来。

孤儿寡母，真心不容易哪！

"叔叔……"病床上的少年咧着嘴，身体有点疼痛。

赵照面对心爱女孩的爸爸有点不好意思，一时的鲁莽和冲动让他付出了百倍的代价。

吴芳唏嘘着："你们同学还不知道怎么笑话你呢！"

"嗐，不说这些了，我刚才问过医生了，孩子属于不幸中万幸，治疗几个月没什么后遗症。"

老刘安慰着吴芳，轻轻掂翻着病床的被子："娃娃呀，以后做事多为你妈妈想想。

"我给你讲个真事吧，叔叔当年进部队时也就你这么大，第一次离开家，新兵三个月，从三公里到五公里山区越野，最后还得加上装备。学习匍匐卧倒时，手肘、腿面、膝盖都破了皮，衣服就粘在伤口上，钻心疼。三个月后，优秀新兵的通告奖状寄到家里，你说我妈自豪不？"

少年当然听出了这话里的弦外之音："刘伶俐该更瞧不起我了！"

老刘摆摆手："你看这些资料都是伶俐整理出来的，她做了标注。

"你配合治疗，早点恢复，争取和同学们一起参加高考，让大家不小看你，做得到不？

"我们男人是不是要让自己说的每一句话，做的每一件事都是有价值的？"

老刘身上自有一股军人与生俱来的气质。

少年对着老刘点点头，眼神里有了些许的钦佩。

吴芳看着这一幕，没吭声，松了口气。

她前几天一直苦口婆心地和儿子交流，但儿子都不搭理她！

在医院门口，吴芳主动送别老刘："那个，谢谢你。"

老刘点点头："我抽空经常来。"想拍拍吴芳的肩膀，又觉不妥，一双手悬落在空中，放下。

对面的女人露出难得的笑容，带着几分羞涩，低着头，双眼看着地面，脸颊垂落着几丝刘海。

老刘心里咯噔了下，柔弱的女人原来也别样动人，又有点嘲笑自己的荒唐闪念，忙不迭告别。

7

曼丽觉得老刘对这件事的态度变化挺快的。

从一开始护着闺女，自己都拒绝去医院，到现在却很热心呢。

每天问着伶俐学校的一些近况，哪门课又考试了，老师又说了些什么高考信息，及时给吴芳发着微信。

有次一家人在吃老骨汤时，老刘突然想起什么，跑厨房找了个保温桶，舀了点放里面。

伶俐问爸爸："给赵照备的？又去医院哪，你们对他还真好呢！"

曼丽用筷子敲着女儿的头："对待别人，记着，雪中送炭永远比锦上添花好。"

曼丽想，这个吴芳，还真不能掉以轻心呢。

分寸还是有，老刘和曼丽商量着："吴芳老是说，有空让伶俐去趟医院，想让她去安慰下赵照，这还是不太好吧？"

曼丽点点头："不好，你上点心吧！有空，我也去趟医院。"

老刘抓抓头："这事吧，从道理上说，咱们真可以不管了，但是人情大于道理，是不？"

曼丽笑着，没说话。

8

老刘发现了一个事实，吴芳虽然也加过曼丽的微信，但她从没找曼丽说过话，什么事都是来找他。

曼丽自然不会主动联系吴芳，他们家有一个人这么热心就足够了。

吴芳告诉他，听了他上次对赵照说的那番话，她觉得男孩这辈子应该当次兵。

"这样才可能活得更像个男人，像你一样。"

老刘从这话里听出了一丝崇拜。

他没告诉曼丽吴芳对他态度有了变化，他羞于让曼丽知道自己那一丝的得意感。

吴芳喜欢在夜里给老刘发微信，甚至主动和老刘说起自己的家事。

赵照爸爸突然发病走了后，她也没再找男人，光靠她一人在超市打工，经济条件差了好多，但她还是发誓一定要把儿子供出来。

老刘唏嘘地安慰着这个女人，她生活太不容易了！

曼丽深夜听见老刘手机不停有微信提示音，问了句："是吴芳？"老刘莫名地慌张否认。

他不太想让曼丽知道他和吴芳联系这么紧密。

吴芳让老刘来趟医院，有些话想对他说。

"好的，刚好我也有事想见见你。"老刘约好了时间。

两人在医院的花园长椅上坐下聊。

"你说，出了这个事，学校是不是应该赔偿？"吴芳一根手指不停地绕啊绕着胸前的辫子。

"这个呢，可能会有所慰问，但肯定不会赔吧。"老刘没把那句"孩子是自己故意跳下去的"这句话说出口。

吴芳急了："你能不能让伶俐证明下，当时赵照站在平台上，因为栏杆太低，他说话一激动，不小心摔下去了！"

吴芳盯着老刘，眼神企盼着。

老刘蒙了，他多少了解吴芳一人带着孩子，经济状况不太好，这次孩子住院可能也花了不少钱，但没想到这一出。

"这个，让孩子说谎啊？"老刘还没把这句话说完，吴芳突然靠到他的肩膀上，抽泣着："当时是自习课，平台上就他们两人。如果你们能说服女儿，学校肯定会赔偿，到时候我会按规矩感谢你的。"

吴芳喃喃自语："我知道你心疼我。"

这突如其来的亲密让老刘十分慌乱，除了曼丽，这么多年还没哪个女人这样依赖他。

老刘感觉脚底一股麻酥酥的东西像电流一样升起，一路涌至舌根处，在嘴巴里打了个转，最终随着一口唾液的吞咽，又消退回去。

他推开吴芳："我家伶俐的性格像她妈妈，真是半点谎言都说不来呢。"

吴芳顿了顿，鼻子吸吸，哼了下："那就算了！我还以为你善良，会帮助我。还不是和其他男人一样装模作样冷酷无情，算我看错了人。"

说完，吴芳扭过头，甩了下大辫子，起身走了。

她真的像条斑斓的花蟒蛇一样从冬眠中醒过来，出其不意地向他抖了下芯子，只是猎物躲得快，没够着，她又收回芯子，蜷蜷身子走了。

老刘一人手足无措地坐在长椅上。

他原本今天带来一个好消息想告诉吴芳，他找了个老战友，帮她重新安排了个工作，薪水比她当超市营业员高一些。

这一切都没有躲过站在花园入口处的曼丽的眼睛。

9

老刘再也不去医院看赵照了。曼丽装作无意地问起，他就很冷酷地说，这件事情跟我们本来就没必然联系，我们也没责任，去医院尽尽人情就行了，去多了倒没事找事。

曼丽不说什么。

生活还是继续，一切都以伶俐的学习为重，夫妻俩全力以赴备战孩子高考。

有一天伶俐出门前，忽然扭扭捏捏起来："爸爸，你送我去学校好吗？"

"怎么了？这都好几年不用爸妈送上学了，今天怎么回事？"

"是这样，赵照的妈妈这两天总是堵在学校门口等我，她让我去跟学校说，赵照跳楼是因为不小心，不是主动的，我——"

老刘一听，跳了起来："这个女人怎么这个样子，怎么能要求孩子去撒谎呢？她那天求我，我已经严词拒绝了，她竟然去骚扰孩子，不知道孩子要高考吗？太自私了！"

曼丽对这个事情也很气愤。

"伶俐，妈妈送你去上学，妈妈跟她谈谈。"

曼丽一边拿包，一边用眼神剜了老刘一眼，老刘立马气场全无："你去，你去，还得你出马。"

学校大门口，曼丽远远就看见吴芳的身影，她还是歪梳着个大辫子，目光清冷地盯着街道的虚空处。

曼丽拉着女儿的手走向学校大门，吴芳看见曼丽母女，也没上前说话，伶俐加快脚步假装没看见吴芳就进学校了。

伶俐走远，曼丽回过头："赵照妈妈，我们谈谈吧。"

吴芳跟着曼丽到墙角处："明确一点说，我们是不可能让孩子去学校撒谎的，不只是孩子爸爸那边不会同意，就算她爸爸同意了，孩子也是不会同意的。"

曼丽有意强调了一下"孩子爸爸"，表示她其实知道吴芳在医院"色诱"老刘的事了。

吴芳的脸果然动了一下，手立马又摸上了她的大辫子。

"刘伶俐妈妈，"她表情坚硬，"我也没想怎么着你家，我只是想给孩子弄点医药费，大不了你们这边不配合，我去找学校，我一方咬定是孩子不小心掉下去的，也能让学校头疼一下子。"

她的手一直卷着辫子梢儿，一副豁出去了的样子。

"可以，你怎么去学校闹是你的事，总之我们是无过错方，我们不会撒谎。放心，我家伶俐心性坚定，不会被这个事情所扰，但你儿子还要在这个学校参加高考……甚至是明年高考，你得罪了学校，是你自己的事。"

曼丽这话说得有理有据，吴芳赌气发狠的脸立马垮塌下来，但紧接着两行眼泪就流出了眼眶。

"我们孤儿寡母的……"

这女人转得还真是快。

她这么一示弱，曼丽的心柔软下来。

"赵照妈妈，你们日子艰难我也理解，可日子艰难不是不择手段的理由。这样吧，我们不会给你医药费，不能改变事情性质，但是我可以想别的办法帮你。我帮你换个收入高点的工作吧，我帮你是我们同是同学家长之间的情义，与别的无关。"

"真的？伶俐妈妈，那太谢谢你了！"

吴芳又立马小雨转晴。

"是的，三天内，我给你回信。"

10

曼丽有个朋友公司还真缺人，这朋友叫大头，只是大头一向不大正经，虽然他多次让曼丽帮着物色一个靠谱的办公室人员，她也没上心。大头哪哪都好，就是喜欢女人。

大头手下一堆干将，都是出外跑业务的好手，就是家里缺个好管家，有时候客户打电话到公司，都没人接，这很影响公司形象。他需要一个踏实负责的好看家人。

曼丽把吴芳介绍给大头，大头一下子就看上了，说一看就"踏实稳重，气质不凡"。

临走的时候，曼丽还一再叮嘱大头："这可是我老公的表弟媳妇呢，你可千万别动歪心，闹出事来，我在婆家人那边没法交代。"

"你放心你放心，我肯定不动她，冲你我也不敢，我长几个脑袋啊！"

"话说回来，虽说是沾点亲戚，你也别为难，万一用着不合适，你随时退，三个月试用期，该考察考察，我这没问题的。"

"知道了，知道了，你放心吧，我肯定不徇私，我开的是公司，利益至上。"

11

就这样，吴芳到大头公司上起了班，工作环境舒服了，收入也比以前高出三分之一，吴芳非常高兴。

在这三个月试用期期间，吴芳没找伶俐一点麻烦，也没去学校闹。曼丽夫妻全力以赴迎接高考，恨不得自己匀出点时间送给女儿。

百忙之中，曼丽还不忘去吴芳家里看看赵照。赵照办了休学，只能在家学习。吴芳每次看见曼丽，都极热情，"曼丽姐曼丽姐"地叫着。

看得出来，她在大头公司干得不错，脸上有了光彩。曼丽也不对她过于热情，基本礼貌有了就好。

她知道，这个人不能过于亲近，亲近就生是非。她当时给她介绍工作，也就是为了稳住她，不想让她破坏女儿情绪。这个阶段，任何一丝一毫的波澜，都可能干扰孩子心志。

她跟大头说，吴芳是自己老公表弟媳妇，也是断了大头的花心，但如果这么下了药，这俩人还是闹出了事，那一定是吴芳的"媚功"奏效。

都是成年人了，真有什么，那也是人家自己的事，她没责任。她只是牵了个线而已。

曼丽有点瞧不起自己，为了女儿上学，用上了心机，可她没办法。可怜天下父母心。

她只能尽力弥补赵照，尽可能地帮助赵照复习好功课。

六月如火，高考马上到来。曼丽和老刘心里像着了火一样，表面上还得装得云淡风轻，就怕吓着女儿。好在女儿倒是镇定，她做了最扎实的准备，剩下的只是水到渠成而已。

高考那天，曼丽、老刘和吴芳，都焦急地在考场外等。老刘一个男子汉，手心都在不断出汗。吴芳烫了头发，打散了那个以前有点土气的大辫，一下子时髦多了。下身穿着一步裙，很有点职业女性的感觉。

赵照是她推进考场的，他的腿和腰勉强能坐。"我们赵照，勉强能考个二本我就让他走，不复读了，复读太辛苦。"

"应该有很大希望的。"老刘安慰着。

12

高考放榜，伶俐考上了某对外经贸大学，妥妥的重点。老刘一家，欢腾得像过年。从伶俐的口中得知，赵照也考上了一个省重点大学。只不过不是"985"，也不是"211"。那也算不错了。

女儿的庆功宴上，大头也来了，敬酒敬得昏天黑地。朋友们都为曼丽一家高兴。

"什么是人生喜事啊，什么古语里的'他乡遇故知，洞房花烛夜，金榜题名时'啊，都不够喜，最大的喜事，是'儿女金榜题名时，儿女洞房花烛夜'。"

大头的儿子学习略差，连重点高中都没考上，他有点唏嘘。大家都为大头的精彩言论点赞。

喝酒的空档，大头偷偷问曼丽："吴芳真是你老公的表弟媳妇？"

曼丽笑笑："是啊，怎么了？"

"别骗我了，根本不是，吴芳都告诉我了，她儿子跟你家伶俐是同学。"

"哦，你们倒是走得很近嘛，这么了解情况。"曼丽吃了口菜。

大头"嘿嘿嘿"地笑。

曼丽心里一下了然。

"那她这三个月的试用期算是通过了？"

"通过了。"

窗外热浪袭人，包间内冷气够足，曼丽望着满桌觥筹交错，心下恍然，看来人的本性还真是难移。

独立生花

南朵、子鱼 / 文

1

刘阿庆没想到她的工作说没就没了。

她原是一个方便粉丝厂家的超市理货促销员。

方便粉丝的包装花花绿绿的，上面有个包着蓝色头巾穿着对襟袄的年轻女人，那女人翘着个大拇指，人们都说她和刘阿庆长得很像。

因此，每当她在超市门口停好电瓶车，手指绕甩着车钥匙大声和收银台内的人打招呼时，大家都会戏谑着："阿庆嫂来了啊！"

方便粉丝有几个品牌，搞促销活动时各家的促销员都拿个小杯子挑点煮好的粉丝给顾客品尝，争着说自家牌子的味道好。

刘阿庆打小从她妈那学得熬一锅好卤水，经常将自家卤的鸡爪、鸡翅切成很小块的肉丁丁，撒在试吃品上，热腾腾的粉丝汤里就有了别样的滋味，她的业绩每次也总比别人的好。

食品区的赵经理经常私下里道："阿庆嫂，你的卤味香，你也比那包装上的人好看！"

赵经理比刘阿庆大几岁，高高瘦瘦的，常年穿着黑色制服来回穿梭在货架排面区，看到刘阿庆，眼神里似乎总有一团火。

刘阿庆笑嘻嘻地不应也不恼，对付着中年男人的这点小心思。她知道自己长得不赖，肤白貌美，生了孩子还前凸后翘的，也知道就自己读过那么点书，一个从乡下来到县城的女人，做这个工作也不委屈。

有份薪水是她在这个家的底气。

2

每天一早，刘阿庆先要把一家人的早餐做好，蒸几个馒头或花卷，熬一锅热稀饭，给女儿煎个蛋。

送完三岁的女儿去幼儿园，刘阿庆急忙抓个馒头往嘴里塞，边嚼边囫囵地喊着里屋的婆婆："妈，我上班去了，饭在锅里，你吃后洗下碗。"

尽管婆婆的小屋关着门，但刘阿庆知道，那里面永远是一副爱答不理的脸："哼，促销员就是个临时工，挣几个小钱还忙得和国家的人一样。"

婆婆说的"国家的人"，是指儿子大鹏，大鹏在市里一个机关单位给领导开车，一两个月回家一次。

大鹏的工资卡婆婆一直攥着，婆婆每月给刘阿庆一千元家用。刘阿庆和大鹏闹过几次，大鹏总是说，我妈又不是外人，她帮我们存着呢。

一千元加上刘阿庆的薪水，日子过得紧巴巴，婆婆还总是念叨："水电气都不用你掏钱，就买点小菜给娃娃交点幼儿园学费，足够了！"

一提起这个嘴角很少上扬的老太婆，刘阿庆总是恨得牙痒痒。她嫁过来时，公公已经过世，婆婆把大卧室收拾收拾置了套红色的床上用品，墙上贴了个"囍"字，就给小两口当了新房。

连个新家电都没添！

大鹏哄着她，从小他妈就教育他过日子讲究的是实在，节约下的就是挣的。

刘阿庆想想自己没个正式工作，娘家又在乡下，心里还是自卑，也不敢多提要求。

刘阿庆很节俭，自己舍不得买吃买穿，却让女儿上了个私立幼儿园，每月七百多块钱基本上要了她三分之一的工资。

要受好的教育，不能输在起跑线上，刘阿庆说。

这天，同往常一样来到超市，厂家的几个业务员正一箱箱地往外搬产品，忙着和超市货管部清算。

"阿庆嫂，这个月没满，厂里还是给你发了整月工资，厂子倒闭了，没办法。"说着分给刘阿庆几箱产品。

刘阿庆蒙了，眼前冒着点点金星，有点眩晕。

早上只啃了个馒头，有点低血糖。

赵经理呼哧呼哧地跑过来，扶住刘阿庆："阿庆嫂啊，有合适的工作我会通知你的！"

刘阿庆苦笑了一下。

婆婆正坐在沙发上看电视，见刘阿庆反常地在上班时间回家，眼睛斜了下："偷懒是要被扣钱的！"

刘阿庆没接话，走进自己的房间，关上门。

她躺在偌大的双人床上，盯着墙上那幅婚纱照，大鹏张着一口白牙灿烂地笑着，眼睛弯成了月牙。

大鹏有近一个月没回家了，说是公车不能私用，来回一趟要花路费。

想想刚结婚那会儿，他得空就回来，拉着自己在床上一定要腻歪折腾够了。现在这张床都好久没有男人的气息了。

给男人发了个微信：我工作没了！

微信回得很快：你这么笨！连这个工作都干不好！

婚纱照上的大鹏笑肌慢慢下垂，一幅凶煞样。

"以前还说就喜欢我这傻傻的样儿，都是骗人的！"泪珠扑簌扑簌地往下掉。

微信发出"嘟"的一声提示音，是赵经理。

"超市缺个收银员，要高中毕业，你又不太合适！"

他知道她只读完初中。

刘阿庆揉揉发疼的太阳穴，数着才领的工资。一时半会儿没合适的工作，接下来的日子怎么过？

3

遇到初中同学丽丽，刘阿庆差点没认出来。

丽丽顶着一头红发，脸上不知抹了什么，白得发亮，嘴唇鲜红。不再是印象中那个土气的女人。

丽丽拉着刘阿庆进了家奶茶店。

"咋了，下岗了？想不想挣钱？"

丽丽眨巴着不大的眼睛。

"想，哪个嫌钱烫手？！这不是等着理货员空缺的位置嘛！"刘阿庆无聊地摆弄着奶茶杯里的吸管。

"那累死累活说没就没的工作，准备一直这样啊？"

"你知道我现在月入多少吗？"丽丽凑近刘阿庆耳朵边嘟哝了句。

刘阿庆一抖擞，惊得拍了下丽丽。

"你做什么哦？该不是啥不正经事吧！"她上下打量着穿戴洋气的丽丽。

"你想哪儿去了！"

"我们这把年纪，哈哈哈。"丽丽笑得花枝乱颤，浮粉往下掉。

丽丽让刘阿庆加入她的面膜团队，做下级代理。

"你看现在都在做微商，不租门面，不办执照，多发发朋友圈，钱就到手了！"

丽丽晃动着那双戴了几个戒指的手。

几箱面膜要千把元，刘阿庆还是想等着去做理货员。

"你看你这底子，啧啧，就是我们面膜的好代言人啊！"丽丽捏着刘阿庆那张饱满又有弹性的脸。

4

县城很小，刘阿庆丢了工作的事瞒不住。

婆婆那常年下垂的嘴角似乎又挂了个沉沉的铁锤。

中午女儿在幼儿园不回家，婆婆就让刘阿庆把方便粉丝煮几包当午餐吃。

刘阿庆放热水洗个头，听着卫生间门外"踢踢踏踏"的脚步声，吓得胡乱抹了几把，就关了水龙头。

打电话给大鹏让他回来参加幼儿园的亲子活动，那边瓮声瓮气："你以为都和你一样闲？"

饭桌上，婆婆呵斥着要买玩具才吃饭的孙女："买，买，买，没你爸，我们吃饭都是问题！"

小丫头耍赖地打翻面前的碗筷，哭闹得更凶。

小屋内阴暗无光，一片狼藉。

刘阿庆默默地收拾着去洗碗。龙头扭过了，激烈的水流冲进碗里，水花四溅，她的手臂和身上的衣服都湿了一大片。

她拿起一个塑料碗砸在碗槽里，发出"哐当"的巨响。刘阿庆用力地搓洗着自己湿了的衣服下摆，每一个动作都恶狠狠地，犹如泄愤。

可是却不知道恨的是谁。是婆婆，是大鹏，还是她自己？

还是这荒诞的生活！

"我一定要多挣钱！"

内心似乎有个小人在挥舞着小拳头呐喊。

5

刘阿庆开始成天盯着手机。

丽丽的团队有几十人，大家都喊她"老大"。

"老大"每天操着不标准的普通话在微信群里喊话，不是"比你们有钱的人都在努力，你凭什么待在原地"，就是"不要问我能赚多少，我只是你们的仓库，能挣多少得问你自己想挣多少"。

刘阿庆顶着婆婆凛冽的目光，搬回了几箱面膜，钱包也瘪了一大半。

她敷上面膜拍个照，撕下面膜又拍个照，修了一下图，复制了群里的鸡汤励志语发到朋友圈。

美是美，点赞的人也不少，却没几个人来买面膜。

赵经理也点了赞，两人约着在茶室见面。

"给你老婆来几盒吧？"刘阿庆提了个袋子。

"没问题，没问题。"赵经理忙不迭地微信转钱。

"你还好吧，家里人态度怎么样？"他似乎知道刘阿庆在家里的地位。

"没事啊，我男人，我婆婆都让我多休息呢！"刘阿庆扭过头，打量着茶室。

"你别逞强，我其实……"赵经理舔舔嘴唇，欲言又止，一只手搭上刘阿庆放在茶几上的手。

"老赵，这个我可不想。"刘阿庆抽回手。

"谢谢你哈，以后有合适的工作通知我哦！"刘阿庆站起身就走了。

老赵在背后："你，你！"

刘阿庆可不想把自己交给这样一个锉男人。

"一盒一盒地卖，这能挣几个钱？你得招代理，招代理！"

"下个软件做个截图，可以做一个微信聊天记录，做一个收钱凭证，做一个物流发货信息，先把自己的朋友圈打理得热热闹闹的。"

"看见你每天轻松都有现金进账，每天都在发货，自然就会有人找你来了！发展成下级，下级再发展下级……"丽丽指点着。

"你先把朋友圈经营好，后面我再教你！"似乎套路很多。

刘阿庆摇摇头，她只知道买买买卖卖卖，把东西卖出去才是真理。她屏蔽了微信群，不再理会丽丽。

她觉得自己不适合干这个，自己就不是那咋咋呼呼张牙舞爪的料。作假她心虚！

她还得自己想出路，适合自己的。

人到中年，生活的残酷就像暴风骤雨，不管你有没有伞，怕不怕凉，一律兜头兜脑地打过来。

刘阿庆彻夜难眠，头发一把一把地掉。

她婆婆更不待见她了，每天在家里摔盆子撂碗："早知道这样，打死也娶个城里媳妇。你这个女人，除了长得好看点，啥用不顶！又不能拿好看去换钱，真是运衰！"

刘阿庆不理她，自己在屋里暗自运气。

干点什么呢？

干点什么呢？

干点什么呢？

举目无亲，世界上没一人可依靠。

6

她去找老赵，说："我想租个摊位。"

老赵问："卖你的面膜？"

"不是，卖我的卤味。"刘阿庆很小声地说出自己的想法，她一点也不自信这是不是条出路。

可是她想好了，她没别的本事，就还擅长做点卤味。她又不能靠色相去换生活，老天爷给她个好相貌，就是逗她玩的。

人到了人生谷底，就会生出一股狠心。

老赵爽快地答应了她，好像并没为上次拒绝他的事懊恼，但也没不好意思，好像不管成与不成，都进可攻退可守似的。

为了显示对她的特殊关照，老赵特意在熟食区给她找了个好位置，还帮她和超市方谈判，先进驻超市，利润按比例分成。

小摊战战兢兢支起来。

面膜没白卖，她从丽丽那学到一招，叫"经营朋友圈"。

她在朋友圈拍照直播做卤味的全过程，买食材，冲洗干净，熬制调料汤，卫生包装。

娘家祖传的秘制调料，卤出的鸡爪、鸡翅、豆腐干，新鲜软糯，色相诱人。

每卖一斤卤味送一盒面膜，把面膜成本算进去。这搭配也是奇葩。

尝过的人都认为这是县城最好吃的卤味，人们口口相传着，每天超市摊位前都排了好长的队。

刘阿庆忙活了起来，貌似摸对门路了。

每天一早，刘阿庆蒸几个馒头或花卷，熬一锅热稀饭，煎一个鸡蛋给女儿。

送完三岁的女儿去幼儿园，她急忙抓个馒头往嘴巴里塞，边嚼边囫囵地喊着厨房里忙活的婆婆："妈，今天的调料汤在熬，看着火，按我写在纸上的步骤来。"

"有啥神秘的，天天叮嘱说，我又不是好老。"婆婆嘀咕道。

刘阿庆忙不过来，让婆婆帮忙。

第一次从刘阿庆那里领工资那天，老太婆依旧哼了下："谁要你的钱，我给你们存着吧。"

刘阿庆第一次发现原来婆婆的嘴角也能上扬。

7

大鹏休假回家时，发现家里格局发生了大变化。

刘阿庆在那不断说话："妈，你把辣椒切了。

"妈呀，这个萝卜不能切这么大，不好入味的呀。

"妈，你去把孩子书包收拾一下吧，这里我来。"

婆婆忙忙活活地，刘阿庆让她干啥就干啥，以前从来没有这么听话过。

大鹏教育刘阿庆："那是我妈，你怎么像使唤老妈子一样使唤她！"

刘阿庆眉毛立起来："要不你来帮我干？我做的是她的三倍，你怎么不知道心疼我？"

大鹏被这突然的顶撞弄得有点回不过神来。

"你还长脾气了？"

"是，我长脾气了！"刘阿庆坦然承认。

大鹏反倒没办法，气得指着她龇牙咧嘴，也没说出什么来。

晚上，刘阿庆洗漱完毕把面膜拿出来一片糊到脸上，靠在床头看手机。

她现在已经舍不得送面膜了，面膜要留着自己用。

手机里有很多做卤菜的资料，她一边划拉一边研究，要不要把自己的卤菜再加点云南风味？毛肚可不可以卤一下？鸡胗呢？

大鹏看着她，一肚子气，也不敢再说什么，自己和衣躺下脸冲着另一边，不看刘阿庆。

"大家好，我是金猫侠，我检讨了下自己，我长相不行，性格不行，经济实力也不行，是什么支撑我活了这么多年？……我饭量还行。"

哈哈哈哈，大鹏哈哈笑。

刘阿庆第二天还是继续忙，还是继续使唤婆婆，大鹏惊讶地看着他妈，奇怪她竟然没怨言。

卤菜做完，刘阿庆搬进电动车，把东西都搬上车，自顾自地走了。

晚上回来，大鹏脸色明显好转。她往家拿装卤的桶，大鹏还伸手给搬了下。

忙完了，晚上继续敷面膜，继续研究怎么做卤菜，大鹏在那边继续看手机。

视频里女主播扛着个大笤帚说："我打扫卫生的时候，一点也不生气！"

大鹏骂了句说："原来是卖货的！"

好像烦了，大鹏关了手机翻过身。一双手热乎乎地伸过来，从大腿往上摸，一直摸到胸。

刘阿庆拨拉开："别动，做面膜呢！"

"你也搭理搭理我呗，一个卤菜快成天大事业了。"

刘阿庆没说话。

大鹏得寸进尺，竟然上身把她的面膜掀开就亲嘴，一出溜又把她拽到被子里……

好像回到了新婚的时候。

8

刘阿庆的魅力，随着金钱的"加持"，又焕发出来了。

大鹏不敢"得罪"她，她婆婆也不敢"得罪"她。她每天一副爱咋咋地的样子，反倒让他们生出点"这女人是不是会跑了"的恐惧。

她不是个聪明的女人，很多道理都得靠苦思冥想才能明白。

经过这段低谷她明白，人一生中最重要的事，往往不是通过深思熟虑才决定的，而是通过"老子不管了"豁出去的。

豁出去后豁然开朗。

现在这种家庭关系貌似更和谐。

她会努力维持家庭，但她永远不会忘掉，在她跌入谷底的时候，以为生死相依的家人，是怎样地忽略和看不起她的。

"阿庆嫂"卤味越做越好，电视台都要采访她。记者要上门，婆婆在家里找了好几身衣服比对，到底还是穿了件枣红的毛衣。

"你们婆媳处这么和谐的秘诀是什么呢？"记者问。

刘阿庆笑笑不语，婆婆紧张得肩膀直哆嗦，死死地抓着刘阿庆的手。这老太太也就这点出息。

刘阿庆拉起婆婆的手，举到镜头前："互相扶持，互相理解，有困难时一条心，不嫌弃，不放弃。"

"那您的卤菜这么好，有婆婆的功劳吗？"

"这个主要是我妈妈的功劳，我妈妈擅长做卤菜，我又进行了一点改良。当然我婆婆给了大力支持。"

婆婆尴尬地笑："是的，是的！"

主持人开始总结："平凡的老百姓，都有自己的生活秘诀，想让日子过好，最主要的还是勠力同心。家是什么地方？家就是承载爱的地方，家和万事兴……"

刘阿庆心里轻轻哂了一句："呵呵！"

如此离婚

南朵 / 文

1

十点闹铃响起，李好懒懒地起床，对着镜子挤一颗刚刚冒出白尖的脓痘，"又不是青春期，还此起彼伏长这个"，她有点恼，觉得肯定是自己这一年一直睡太晚了的原因。嗯，肯定是。

李好经营着一家三百平方米的茶楼，请了几个服务员，每天打烊时间离派出所规定的深夜十二点差不多，基本上自己是要守到最后的，自然每日睡得是很晚了。反正回家孤灯寡影的，至少老板在，服务员不敢谎报包间客人离场时间，一个钟就是好几十元哪！

开车去茶楼的路上，接到刘大丰的电话。

"小好，晚上早点回去，挣多挣少够用就行。"

"那不行，我现在一个孤老婆子，不给自己多挣点嫁妆，谁要我。"

刘大丰估计被气到了，挂了电话，李好哈哈大笑！

刘大丰是她前夫。

李好始终觉得她和刘大丰之间的过往像是做了一场梦。

俩人当年结婚时，用大丰妈的话来说就是"好白菜让猪拱了"，她说的好白菜是她儿子。

刘大丰长得高大，剑眉英目的，警校毕业后就被分到派出所，做些辖区治安维护管理工作，而李好那时在一家内衣专卖店当营业员，职高的学历，这是她拼尽全力能找到的工作。

两人认识，源于李好打的一次"110"。

那天刘大丰接警后来到案主说的地点，小店一片狼藉，好多货品被扔得满地都是，一个姑娘不停地抽泣，半蹲在那收拾物品，头发半散半遮，依稀可见清秀的面庞，T恤和低腰牛仔间露出一截白晃晃的腰肉。

"盈盈一握"，大丰脑海里蹦出这个词。

一个骂骂咧咧的中年妇女因李好不给其换买了好几天的内裤，大闹了小店。

刘大丰声色严厉地教育了那个中年妇女，也认识了李好。

说不上谁追的谁，反正两人就瞪对了眼，李好站在穿着制服的大丰旁，觉得自己是天下最幸福的女人。可是谁会料到以后的事呢！

2

来到茶楼，李好给自己泡了一杯绿茶。中午人不多，闭目养神补下瞌睡。

之后她便被一阵争执声吵醒。

服务员小梅正和一个男子争辩着，许是说不过人家，年轻丰满的胸部气得一起一伏。

"我在你们这消费，车停楼下被人剐了，你们当然要负责任。"

"哎哟，这位帅哥，这么说，如果我被人用刀伤了，还得去找卖刀的赔偿？"

李好遇到这种无理取闹的客人，早已不是几年前只会抽泣的女子，该怎么说自有一套。

"老板娘是吧？那你觉得该咋办？毕竟车被剐了几道痕。"

"报案呗！调监控，还有，更正下，我不是老板娘，是老板。"李好撇撇嘴。

男子扑哧笑出声，罢了。

这个男人长得还蛮有型的，小梅悄悄对老板说，你看他牙齿洁白，皮肤黝黑，眼睛不大却有神，多像孙红雷。

男子叫曾可以，此后倒是经常来茶楼消费了，每次都约了不同牌友打麻将，消费金额还蛮高。

这倒是件挺有意思的事，不吵不相识？

3

曾可以不约人打牌时也来，碰上李好守店，就一人一杯茶聊起来。

"你这个老板娘，哦，是老板，怕是多少有点后台哦。"

"你们在我这儿，只要不赌不嫖不吸毒，我们提供好服务，这就是后台。"李好哈哈大笑。

小梅掺着茶水也捂着嘴乐。

刘大丰算后台吗？李好问自己。

"消防设施一定要及时检查。"

"晚上遇到醉酒的客人来消费，多个心眼，别让他们惹事。"

"要随时提醒客人打牌的金额，小赌怡情，大赌就是犯法了哈。"

大丰依旧像个警校的政委一样随时操心着李好的事情，尽管不是夫妻了。

咋离了呢？

4

结婚后，小两口一直没避孕，却没怀上，在大丰妈的催促下去各大医院检查，两人各项指标又都正常。大丰妈不知从哪儿听的说法，说是女方体质不好的原因，弄了一堆莫名其妙的草药偏方，李好喝了将近一年的中药水，小白脸喝得蜡黄蜡黄的，肚皮仍没动静，人一天倒整得蔫蔫的。

大丰妈脸色越来越不好看，她觉得儿子没问题，就该是媳妇的问题，她要抱孙娃，继续弄中药。

大丰恼了，这样要把小好弄坏的。人都没了，还谈什么孩子！

大丰妈就一哭二闹三骂街，怪自己命不好。大丰父亲早没了，大丰是妈妈一个人带大的，很不容易。所以弄得刘大丰也很为难。

两人目的性也强了起来，每次算好排卵期，用了科教片里最佳的受孕姿势，李好的"大姨妈"还是准时造访，两人郁闷得连过程都索然无味了。

终于有一次，李好在喝完了一大碗黑乎乎的药水后，又反胃，趴在盥洗台上"哇啦哇啦"地吐，大丰站在卫生间门口，看着媳妇抬起满是泪水的脸，瓮声瓮气地说了句："小好，我们离婚吧。"

这个婚离得让李好猝不及防，大丰的那句"小好，我们结婚吧"似乎都还在昨天。

李好不吵也不闹地同意了。她爱大丰，不想让他在婆婆面前为难，也觉得大丰许是真的想要个孩子了，有缘无分这词她以为说的就是她和大丰。

大丰不顾他妈的反对，房子、车子全不要，还把两人的一点存款也留给了她，李好这才有了资金盘这个茶楼。辞掉营业员工作，忙活起自己的事来，甚至都没有时间来体验离婚后的沮丧和难受。

不和大丰住一块了，不用再吃那些劳什子药，也不用再看婆婆脸色，其他似乎也没什么变化，身体随着心情变好也慢慢恢复正常。

茶楼做得风生水起，经济上的宽裕是最好的安慰剂。

这个月底盘点了下茶楼营业额，居然比上个月高了30%。

小梅说，曾哥基本每天要来一次，他们那桌俨然已是消费大客户，而且他手气超好，每次都赢钱。

小姑娘高兴得就和她赢了钱一样。

5

李好好奇地问过曾可以，你们都不用上班？天天以泡茶楼打牌为生计？

曾可以嘿嘿几声，闪烁着那双不大的眼睛。

"我来这儿是为了看你。

"我哪儿不能打牌，还不是想见你。"

李好估摸着他可能打听到了自己离异的状况，呵呵两下，不置可否。

曾可以每次来时都会带点水果和小零食之类的，李好分给服务员们，大家都吃吃地笑着，说沾了老板的光，小梅说老板运气真好呢！

李好翻翻白眼，瞧你们这点出息！

国庆大假到了，大丰约李好去九寨沟自驾游，李好扭捏了一下："都离婚了，两人还这么黏糊，好吗？"

大丰没理她，微信甩了个订房纪录过来，两个大床房。

李好索性给服务员们放了几天假，顺便请自动麻将桌厂家维护机器。

两人痛痛快快地玩了几天，最后一晚和一帮游客围着篝火，吃着手抓羊肉，一人喝了几大杯高原米酒，都有点晕乎乎。

李好赖在刘大丰身上，指着他："你这个臭刘大丰，把我丢在社会上，也不怕我被坏人拐走了。"

刘大丰瞪红了眼："敢！你懂不懂老子为啥要离婚？这样你才不会受苦，你才不会觉得是我家的生育机器！"

李好哇的一声大哭，她怎么会不懂？

两人搂着踉踉跄跄进了房间，掐着时间，没有琢磨最佳姿势，缠绵纠缠，肉骨相嵌。

6

假期过了，茶楼恢复营业那天，曾可以又领了几个牌友过来，小梅服务周到，拿着好烟好茶进出不亦乐乎。

李好依旧泡了杯毛峰，坐那品尝，看着一根根毛尖慢慢展开成型，恢复了叶子本来的模样。

这次，曾可以输了钱。小梅的脸也跟霜打的叶子似的。

买单时听见那几个牌友都在说，曾可以终于手背了，赢了这么久!

李好站在吧台边，笑吟吟看着曾可以走出茶楼，她知道他再也不会来了。

是的，她让厂家把麻将桌换了!

曾可以在长期包间里的自动麻将桌上做了手脚，装了遥控设备，只要按下遥控器，就会有他想要的牌面。

当这个男人每天以此为生计并长期赢钱无一失手时，李好就心存了疑惑。

他谄媚地讨好，多方了解李好的背景，无非是想把这当作一个苟营的场所，让自己带来的牌友没有任何的怀疑。

李好原先一直纳闷的是，那个遥控器他放在哪儿？牌友们个个都是江湖老手，会不关注这些细节？

直到小梅露出破绽，她每次见曾可以都兴奋异常，以及每次他们来都是她服务，让李好明白了一切。

曾可以一开始找到小梅，允诺每次牌局后分她点钱，她帮他在麻将桌上装上了机关，把遥控器装在自己兜里，每次进出包间服务时进行操作，帮助曾可以作弊。

李好不动声色地处理完一切，小梅自己也主动辞职了。

一切似乎又恢复了原样。

这天，李好早上感觉头晕又恶心，估摸自己是不是又没睡好，生物钟失调了，来到离茶楼较近的医院，做完检查，诧异地看见了独自一人的小梅。

小梅满脸憔悴，头发散落，好像很痛苦。李好关切地问她，小梅一见李好，就哭了。

她怀了曾可以的孩子，却被对方冷漠地置之不理，连打胎的钱都不肯给。

"小好姐，你说，咋个才能遇见真诚一点的人呢？"

李好摇摇头。

她只知道，这世上从没有任何一种路能通往真诚，因为真诚本身就是一种路啊！

李好手上捏着一张自己尿检的化验单，上面写着"阳性"。

【编者语】

"这世上从没有任何一种路能通往真诚，因为真诚本身就是一种路。"成年人的爱情故事也可以很甜哦！

篇章四

行业那些事儿

一位催乳师的讲述：催乳的那些事

我是一名兼职催乳师，2009 年大学毕业后进入一家事业单位工作，每天除了上班外，其他时间都比较空闲，于是想发展副业，在网上仔细甄选核查后，拜一个韦姓老师为催乳老师，开启了我的催乳之旅。

从业多年，我也积累了许多经验和故事，现在把它们分享给对这个行业感兴趣的人。

1

什么样的乳房奶水多？

一般人可能认为胸大的妹子奶水就足，其实这是个误区。

奶水多奶水少跟胸部大小关系不大，主要取决于胸部组织的构成比例。

简单来说，胸部分为肌肉、脂肪、乳腺组织，对产奶产生影响的仅是乳腺组织。如果乳腺组织发达，就容易奶水多，反之，就容易奶水少。

很多大胸的妹子是脂肪多、胸肌较发达，但乳腺组织发育一般，小胸的妹子是脂肪少、胸肌不发达，但乳腺组织倒是发育得挺好，所以有很多小胸奶水足，大胸反而没有奶水的情况。

奶水足的胸，几乎都是那种孕产期胸围数据增长迅猛的类型。

悲哀的是，奶水多和喂奶时间久的妈妈，乳房基本都会松弛下垂。真是有得必有失，宝宝吃饱的代价，是妈妈胸部变形。妈妈们的伟大就在于愿意为了宝宝而胸部变形，总想自己的奶水多一点，再多一点。

不过从专业角度来讲，刚够吃就很好，太多也是浪费，还容易导致妈妈身体虚弱，没必要一味追求奶水多。

喂母乳确实有诸多好处。有些妈妈由于各种原因，不能母乳喂养，但就算没有母乳喂养，也不能说明妈妈不爱自己的宝宝。希望不能母乳喂养的妈妈们不要为此焦虑，宝宝喝牛奶也一样能健康长大，你可以多抱抱他陪陪他，让宝宝感受到你的爱最重要。

2

什么样的胸不适合哺乳？

理论上讲，应该90%的产妇都可以哺乳，不能哺乳的产妇要分情况。有些是先天原因，比如说乳头内陷严重，这个是遗传导致的，而有些是后天导致的，比如隆胸。

记得那时候刚入行，一个周六，我跟韦老师来到一个产妇小A家。我们净手完毕，坐到小A两边打算对她的乳腺进行疏通，排除淤积乳汁。

刚把衣服掀开，就感觉有异常情况。小A的整个乳房有些红肿，摸上去感觉局部发热，手感奇怪，且有波动感。

一问小A的感觉，恶寒发热，看来是遇上乳腺炎了。

我们试探性地轻轻排奶，她都痛不欲生。我们的手法其实是挺舒适的，就算有炎症，有些疼痛也应该可以承受，如果单是乳腺炎，不会是这样的表现。

我觉得奇怪，小A不会隆胸了吧？

忐忑之间，韦老师直接就问了："小A，你这胸是不是动过呀？"

小A一下涨红了脸，她往房门方向瞄了瞄，才小声说道："我之前年纪小不懂事，十九岁的时候去注射丰胸过，到现在也有十年了。"

我心里咯噔一下，这下麻烦了。

只见韦老师叹了口气，沉声说："你这种情况，不适合用按摩的手法来排乳，现在是急性乳腺炎，我怀疑你之前的注射物经过十年时间，已经与你的乳房组织长到一起，这才引起了乳腺堵塞。小 A，情况比较严重，建议你尽快打回奶针回奶，快去住院取出那些外来组织吧。"

"啊，还要住院吗？我还在坐月子呀。如果要取出来，我还得上整形医院，我老公知道怎么办？"

我看她那么担心她老公知道，迟迟不愿意去医院治疗，忍不住说："小 A 姐姐，身体健康重要多了，况且，你们孩子都生了，你老公应该可能早就知道了。"

韦老师看看我，像是嗔怪我冒昧了，但话已出口，也就接着说："小 A，正好我也认识一个三甲医院外科科室的主任，他应该可以帮你。你还是尽早治疗吧，拖久了怕最后整个乳房都保不住。"

听完韦老师的话，小 A 忍不住抽泣起来，很难过却不敢大声哭。

这时，门被推开了，小 A 的老公走了进来。看到小 A 泪光闪闪，问道："怎么，很疼吗？实在不行就不做了，再想别的办法。"

"老公……"一声娇滴滴的"老公"喊完，小 A 干脆直接哭起来。

"怎么了？怎么了？"她老公很着急。

小 A 只顾着哭，什么也不说。

小 A 老公只好问："韦老师，是情况严重吗？"

韦老师看看小 A，又看看她老公："本来由她自己告诉你比较好，看她这个样子，为了不耽误治疗，还是我来说吧。小A需要尽快接受住院治疗，她之前做过隆胸，现在是急性乳腺炎。小A不敢告诉你，但你们作为夫妻，还是坦诚些好。尽快找医生吧，我们无能为力。"

小A在一旁紧张地等她老公的反应，我也挺紧张地盯着他，生怕他忽然怒了。

只见他彬彬有礼地给韦老师鞠了个躬："谢谢韦老师。"然后，温柔地抱了抱小A，"傻子，我们赶紧去医院吧，孩子可以喝奶粉。胸是假的不要紧，我们的感情是真的。"

在韦老师的帮助下，小A顺利住院了，后来我们还到医院看了次小A，医生说她需要分三次手术逐步取出注射物，后续还需要慢慢恢复，就算恢复健康了，想要恢复外观，也比较难了，还需要后续的修复整形。

总之是要受老大罪了，虽然她老公能为她忙前忙后，也不计较，但身体上受的罪，没有人能代替。

在此友情提醒各位爱美的姑娘：尽量还是不要隆胸，无论是自体脂肪还是假体，始终都是有创伤的，取悦别人真不如爱惜自己重要。

3

什么样的人适合做催乳师？

这个问题，就要从我了解的入行标准说起了。

当初拜师，除了交学费，还要经过简单面试。师傅一般只收会中医按摩或者产科护士等有一定基础的学员，而且基本只收女的。

至于韦老师为什么收我，大概是因为我对中医感兴趣，我自学了中医理论，且按摩手法娴熟。不过，也有可能仅仅是因为我性格好吧。

不是说这行就一定没有男的，《催乳大师》电影里面的主角就是一个男催乳师。艺术来源于生活，男催乳师有是有，但实际来看，我还没有见过男的。

一般来讲，如果是男催乳师，客户容易尴尬紧张，很难放松，不利于按摩效果。再者，就算有效果，客户的爱人也不乐意。

这跟男妇产科医生不一样，妇产科医生那真是救命呢。在没生命危险的时候，这种容易引起争议的接触，还是能免则免吧。

所以，个人觉得，男性还是不要来这行凑热闹了。

女性也不是个个都可以干这行的。干这行的人需要具备专业素养，还要温柔、耐心，最要紧的，是要有让天下宝宝顺利吃上母乳的志向。

说到专业素养，确实存在隔行如隔山的情况。

上文提到的三甲医院外科主任，他夫人小 B 的例子就值得讲一讲。

作为医生家属，小 B 在住院期间受到了超常的照顾。生完宝宝，她早早地喝了催乳汤来下奶，结果乳腺未通，导致乳汁淤积。

如果能及时排出，也不会存在什么问题。但她受到了产科护士的密切关注，一会儿这个来挤两下，一会儿那个来挤两下，她们都不懂正确的手法，这么一通挤压，操作频繁，伤了乳腺组织。小 B 反倒痛得不行了，后来通过朋友介绍找到专业的催乳师才解决问题。

在此提醒各位孕产妇：刚生完孩子一周内，不适宜喝浓汤下奶，饮食要清淡易消化，少油腻，避免因饮食原因导致乳腺堵塞。

而对于上一辈的一些婆婆妈妈，也必须要努力地改变自己的观念。不能产妇还没出产房，猪蹄汤就等在了产房门口。一般一周后，乳房疏通了才可以进食鸡汤、猪蹄汤等下奶食物。

其实催乳师的工作，跟下水道工人有些类似，都是通"管道"的。对于产奶顺利、轻度淤积的人来说，一次就能见效；而对于本身身体虚弱，产奶量少的人，靠按摩是没有多大用处的，还需要中药调养身体，以及多方面努力才可以。

有些人实在身体虚弱，母体出于自我保护，会自动减少产奶，现在人们的生活水平提高了，这样的情况极少。现在更多的是因为肝气郁结、精神紧张、压力过大等心理上的问题导致不产奶。

所以很多时候，我们一边给客户做催乳按摩服务，一边还要给她们做心理咨询，倾听她们讲产后焦虑、抑郁的种种烦恼原因，顺便开解，为她们在家人面前讲讲公道话。

有些时候，产妇讲的不一定管用，家里人为了宝宝有奶喝，反而会听我们催乳师的建议。

但作为一名催乳师，我想说，听不听我们的建议不那么要紧，多听听产妇的心声，为产妇提供一个和谐温暖的家庭环境，比什么都有用。

作为产妇本人，也要调节自己的心态，孩子也有你自己的一半，生孩子是为了自己。不要把自己生孩子所受的苦楚都算到别人的头上，觉得天下人都欠你的，调节不好心态，很容易抑郁。

作为催乳师，希望各位美丽的妈妈都能保持良好的心态，顺顺利利地度过这段特殊时期。毕竟，比起被你们火急火燎地喊去救急，还是更喜欢你们从从容容地找我们做乳房保养。

4

催乳之旅极大地丰富了我的个人视野，我见识了很多婚姻中鸡飞狗跳、糟烂不堪的故事。

有的夫妻因为吵架，产妇一气之下扑到床上痛哭，不小心碰伤胸导致奶堵了；有的因为半夜要照顾婴儿，老公甩手不管，产妇焦躁不满奶量减少；有的因为生了女儿，被婆家嫌弃，没有得到很好的照顾，气血虚亏没有奶水；也有的因为家人过度关注婴儿，为了婴儿不顾产妇身体，一味督促产妇喝油腻的猪蹄汤、鲫鱼汤，让产妇心情郁闷从而导致奶水堵了。

一般来讲，娘家人更关心产妇身体恢复情况，婆家人更关心宝宝有没有奶吃，虽然有些辛酸，但无奈人性如此。

孕产期往往是一个女人的急速成长期，在这个阶段，她往往能更快速地看清：谁最爱她，她该爱谁。

但也有一些花式秀恩爱的夫妻。

这些故事里的男人，一般俗称为"别人家的男人"。

讲一个这样的男人的故事。

小 C 是我一个同事的亲戚，辗转听说我会催乳，就托我同事请我去帮他老婆。小 C 家离地铁口还有一点距离，那时我还没有用智能手机，不会使用手机地图导航，加上我又是个路痴，找客户家向来是我最头疼的问题。

记得那是个大风天，我出了地铁，正在整理我随狂风乱舞的头发，抬眼就看见一个高瘦的男人拿着块"欢迎范老师"的牌子站在地铁口迎接。

我过去冲他说："是小 C 吗？我是 ×× 的同事。"

高瘦男一把抢过我的包背上："老师你好，路上辛苦了，请您跟我来，一会儿就到。"

到了小 C 家，只听到宝宝的哭声，他老婆小 D 正抱着孩子哄。孩子哭得很凶，他老婆没奶，很着急。

"你快回去躺下，范老师来了，请她帮你按摩一下，你就会好了。"

我开门见山:"小D您好,我是催乳师,先让我帮你看看乳房情况吧。"

小D乖乖躺下,我一摸,其实小D这情况,也不复杂,就是喂奶姿势不太正确,导致宝宝没有全部含住乳头及大部分乳晕,吸不出奶。

经过两个多小时的按摩催乳,我将里面的硬块排得差不多了,整个乳房变得松软,小D感觉轻松很多。

小C全程旁观,在一边左比画右比画地学习按摩手法,还向我讨教产妇产后护理的注意事项,乳房按摩及热敷的方法,我一一交代了一番。

小C对我千恩万谢,最后还硬塞了个红包给我。看在小C这么有爱妻之心的分上,我决定一周后再赠送他们一次乳房保养。

一周后,小C照例来接我,这次总算没举大字牌。按他老婆的反映,说是上次效果太好了,她现在奶水很足。

我看了下宝宝,确实明显脸上有肉了,产妇的脸也红润了许多。

我这么说,并不是炫耀我的功劳,而是想说:被用心对待的产妇,是可以看出来的。

小C的母亲在这里照顾儿媳和孩子,我看到,小C的母亲也非常疼爱儿媳。

后来得知，其实，小 C 是母亲单独带大的。母亲是个单亲妈妈，而年轻的时候之所以离婚，也是因为在生孩子期间，受到了婆家的太多欺凌和不重视。离婚后她发誓，再也不让自己身上的悲剧发生在自己的儿媳妇身上。所以她一直教育儿子要心疼女性，尊重女性。只有这样，儿子将来才可能拥有一个幸福的家庭。

在小 C 老婆怀孕期间，小 C 还去上过很多准爸爸培训班，就是为了学习如何当一个合格的奶爸。

这些努力，都没白费。这是我见过的最和谐的一个家庭。

催了这么多乳，我有一个很深的感触：很多时候，男人对女人的伤害，往往不是心存故意的，而是因为不懂。中国男人向来被教育得要远离婆婆妈妈的事情，认为沾染那些就"不像个男人"。可是男人长大了是要和女人过日子，跟女人组队友的，你连队友是什么样子都一无所知，怎么合作呢？

所以我希望年轻的妈妈们，从我们这一代起，改变过去的那种传统观念，不要把儿子从小和女性隔离起来，让他们接近女性，懂得女性，了解女性。只有这样，夫妻双方才能互相体谅，互相尊重，家庭生活才能更和谐。

【编者语】

这篇文用简洁的叙述口吻，带我们走近了"催乳"这一行业，读完能够了解到许多哺乳期需要注意的事项。如作者所说，不论男人还是女人，都有必要了解一些生育相关的常识，毕竟生养一个孩子并不是一个人的事情，而是一个家庭的事情。

一位房东的讲述：
那些年我见过的做试管婴儿的女人们

阿东 / 文

我是一名房东，一共有三套房，全部在某所医院附近，这所医院以人工助孕闻名。

我不是大家通常认为的房东。我不仅给房客提供住所，还带房客去看病，家里还留一个人给房客做饭。而租住在我家的房客，几乎都是想要怀孕却怀不上的女人。

医学上说，在精子和卵子形成受精卵的一瞬间，生命就已经形成了。但是，并不是所有的生命都能成人。要做人，真的得看造化。

这也就是我理解的，为什么生老病死中，生排在第一位。

我做这个已经八年了，粗略算了一下，来来回回，住在我家的夫妻近千对。我见过的夫妻越多就越觉得，人生啊，缘来缘去，真的是一场梦。

1

刚开始出租房的时候，我在医院门口见到一对三十来岁的夫妻，女的娇小可人，男的英俊潇洒，两个人正在讨论挂号步骤什么的。

我一听就是生意啊，赶紧递过名片上去搭讪。聊了聊我就带着他们去挂号，复印病历。可能是被我的热情打动，夫妻俩决定住我们家。

虽然我不是医生，但是常年在医院"混"，多少也了解一些医学知识的皮毛，给不了解的人普及一下。

一般来说，女性每个月都有一个成熟卵泡排出。每个月经周期开始的时候，多个卵泡同时开始发育，这时的卵泡叫作基础卵泡。在体内激素的作用下，只有一个卵泡最终能继续生长，其他的卵泡都会闭锁。这个优势卵泡生长成熟并排出，获得受精的机会。这样，女性就可以怀孕。

这是自然怀孕。

当然，随着年龄的增长，女性基础卵泡的数量和质量都会下降。这就是大家总说生孩子要趁早的原因之一。

试管婴儿，其实是体外受精和胚胎移植的通俗说法。

首先，通过降调针，抑制女性体内基础卵泡的自然生长，避免出现单个优势卵泡；然后运用促排卵药物，诱发多枚卵泡同步发育，其间通过多次 B 超监测，在合适的时候取出多颗发育成熟的卵泡。

取出的卵泡在体外完成受精，发育到早期胚胎的某个阶段，再移植回女性的子宫。

所以，从理论上说，如果男方前期检查没什么问题，确实不用待在医院，到了取卵的那一天再来就行。

尽管如此，很多男人也会经常过来陪着女人，毕竟对于女人来说，做试管就意味着要受不少罪，各种吃药、打针，前后折腾几个月甚至几年都属正常。而且做试管婴儿价格不菲，真真是个花钱买罪受的事情。

因此，来做试管的夫妻一般都是感情比较好的。否则，哪个愿意平白地花钱受罪呢？

现在，许多年过去了，很多房客我都记不清了，可有这么一对，我一直没有忘记。

检查结果出来以后，男方一切正常，原来是女方的原因导致不能怀孕。

在饭桌上吃饭的时候，男人得意扬扬，一连说了几遍："我就说不是我的问题！"

这种态度给我的感觉很不好。

在我看来，作为夫妻，不管什么原因导致没有孩子，既然选择走这一步，双方都该摆正心态，有困难一起面对，而不是去计较问题出在谁身上。

不过既是房客，我也不好多说。

女人因为要做进一步的检查和治疗，得继续留在这里，男人立马就回去了。

这对夫妻怎么说呢，女人中途全麻做了一个手术，男人一个电话都没有，给我的感觉是，男人不太在乎女人。直到最后快取卵时，男人才终于来了。

取卵很顺利，一共取了十几个，后来又配成了将近十个，已经是非常好了。

一般来说，取完卵三天过后就可以移植胚胎，但是这个女人不巧出现腹水，还有点严重，如果当月移植，风险太高，要两个月以后才能来移植。所以他们的胚胎就全部冷冻，两人一起回去了。

两个月后，他们没有按时报到，我就有点担心，因为医院冷冻胚胎也是有时间限制的。我给女人打了个电话，问他们买票了没有，啥时候来。

结果她说，就在这两个月，他们离婚了。男人在外面跟别的女人有了孩子，已经怀孕几个月了，她老公，如今应该叫前夫，就不想再跟她一起折腾了。也就是说，她一个人在异乡打针吃药受苦的时候，她的老公正在外面跟别的女人造孩子。

有人可能会问，这样的话，她还要不要来移植呢？

根本就没有这样的纠结。因为医院规定，取卵也好，移植也好，必须夫妻双方同时到场，并提供结婚证。所以，离婚就意味着放弃培育好的胚胎。

电话里她的最后一句话是："我这辈子也不打算生孩子

了，从现在起，我要为自己活。"

2

还有一对夫妻很年轻，两人都二十出头，结婚时间也不长。男的叫小西，女的叫小米。

我问小米为啥来做试管婴儿，在老家做了什么检查没有。

她哭丧着脸，说做了检查，其他毛病没有，就是输卵管有一边是堵的，也不知是什么原因。

小西爱怜地拍拍她的脑袋，在旁边说道："其实我都不着急的，要我想我们怎么都能有，不是还有一边的概率嘛，时间早晚问题。"

小米在旁边叫起来："就你不急！我急，行了吧！"接着开始"吐槽"周围人如何问她，搞得她压力很大。

我在旁边安慰他俩："这事儿确实不用急，你们都年轻，就算真的有什么问题，现在医学技术这么发达，孩子肯定会有的。"

接下来几天两人就去医院做各种检查。试管手术针对女性的检查很烦琐，有的检查要求在月经期，有的要求月经干净几天之内，有的又要求是排卵期，一个月检查是做不完的。他们就一起回去了。

次月两人又一起过来。其实那个时候小西的检查已经全部完成了，但是只要小米在这里，一到周末，小西就一定会过来陪她。

途中小米做了一个小手术，其实我们家也有做饭的，但是小西总是担心小米营养跟不上，另外又去超市买鸡买鱼给她炖。真是捧在手心里怕摔了。

小米要做的每一项检查，小西都拿着检验单来挨个问我："姐，这个有没有危险？疼不疼？"如果我说很疼，他还要中途请假过来陪小米。

过了两三个月，小米的所有检查终于完成了。本来在打促排针之前，需要打一针让所有卵泡停止生长。结果，在打促排针前，小米居然怀孕了。

不知道是因为她年轻，还是她的精神终于放松下来，或者是前期的检查和治疗起了作用，总之上天眷顾，让她免受了后面一系列的打针吃药之苦，自然怀上了。

当然，我觉得她最幸运的是有一个尊重她和疼爱她的老公。

女人和女人的人生际遇，真是可以天差地别。嫁个良人，上和下睦，夫唱妇随；若所嫁非人，轻则劳神伤心，重则劳民伤财。所以，选男人一定要擦亮眼睛，切忌头脑发热，婚姻不是儿戏。

3

试管婴儿既然有成功率，就意味着失败不可避免。我要讲的第三个故事，就十分心酸。

这个女人是我见过的最执着地想要孩子的女人。她一共做了八次促排，移植二十多次，直到目前，都没有成功。

因为长年使用各种激素，她尽管还不到四十，身材已经严重走形，皮肤也非常粗糙。常年做各种检查，需要方便穿脱的衣服，她自己说，她已经好几年除了睡衣，都没有买过别的衣服了。前前后后打的各种针，加起来有好几百。

像她这种情况，医生都劝她不要再做下去了。我也曾劝她不要再做了，可能她的身体条件就是不适合怀孕，喜欢孩子可以去领养一个。

她完全不听。

对于生孩子，她既坚强又乐观，觉得自己一定会有。于她而言，一定要生一个自己的孩子，这就是她的人生使命。

她说，以前还要她老公和妈妈来陪，现在谁都不用，自己一个人就可以搞定。要老公出现的时候就让他出现一下下，没什么大不了。

每次看到她满怀希望地去医院，去检查，去打针，去受各种折磨，我的心情总是很复杂。一方面我真心希望她这一次能够成功，另一方面，我也希望无论结果如何，她有一天能够不被这个事情所牵绊，能够活出属于她自己的人生。

在我家的不远处，还有一个私立妇科医院，那个医院里每天以打胎为主，各种人流小广告满天飞，去的很多都是未毕业的大学生。我在两个医院之间，常年见到这些为了一个胚胎受尽苦楚的女人，十分感慨。

一件生育事，有人为了拼命流掉孩子而受尽折磨，有人为了拼命得到孩子而备受折磨，都是可怜人。这些人里，有没有一开始拼命不想要，后来又拼命想要而去忍受双重折磨的呢？

有的，比例还不少。

作为女人，流产这事，还是慎重点吧，你打的每个胎都可能是你人生中最后一次做妈妈的机会。生孩子很苦，可是身为女人，有那么一次从身体里诞育一个婴儿的经历，也是上苍的恩赐。

且行且珍惜。

我并不是说故事中这些怀不上孕，要做试管婴儿的女人都是因为年轻不珍惜而遭受苦楚，只是真的为那些不珍惜做妈妈的机会的女人感叹。

4

最后一个例子有点极端。

这个女孩子很年轻，二十五六岁，跟她老公一起来检查，准备做试管婴儿。检查结果是，她的卵巢一颗卵泡也没有。真的是一颗也没有。

也就是说，她遇到了少见的卵巢早衰。

为什么会这样？谁也没法解释。医生也不明白。这种情况，试管婴儿都没法做。

这个女孩子非常漂亮，非常有气质。谁承想她会遇到这样的事呢？也许人生就是掷骰子，老天掷到谁就是谁，毫无道理可言。

后来看她的朋友圈，她和她老公一起抱养了一个孩子。她经常在朋友圈晒自己的生活，看得出来，她老公对她很好。

那么，她算幸运还是不幸呢？这事旁人无从置喙。事实是客观的，生活是主观的。幸与不幸，看个人心态了。

5

这么多年，我见到了许多人的幸福，也见到了不少人的挣扎。看得越多我就越觉得，生育这件事真的是因缘际会的奇迹，往往也是人心的炼金石。

可悲的是，生育这件事看起来天经地义，连带着女人受罪也变成天经地义，甚至演变成了一系列对女人的道德绑架。

"哪个女人不生孩子？哪个女人生孩子不痛？哪个女人不喂奶？哪个女人带孩子不辛苦？"

好像身为女人就活该受苦。

这种观点，不都出自女人的丈夫，许多医务人员、婆婆、亲妈，甚至女人自己，都这么想。

于是，有的女人一遍又一遍做试管手术，有的女人因为不能生育被离婚了。可怀孕了就万事大吉了吗？不，你还可能遭遇孕期、哺乳期老公出轨，顺产、剖腹之争，母乳、奶粉大战……

许多悲剧由此诞生。

这一切的根源不仅仅是男人。在女性自身觉醒与社会关爱女性的问题上，我们还有很长的路要走。

【编者语】

"生孩子"一直是男性和女性共同关注的问题，区别是这二者站的角度不一样，看问题的方式也不一样。看了这个故事，还希望社会能给女性更多的关怀，女孩子们也要学着更好地爱自己。

一位北京"包租婆"的讲述：那些年租我房子的姑娘们

小包 / 文

2011 年前，政策还允许非京籍人士在北京购房，北京的房价也如雨后春笋般节节高。

一些亲戚朋友把北京空置的房屋托付给我，这些房子基本是作为投资买来等待升值后再卖掉的。而我在北京，一边学习一边帮忙打理这些房子。

我不是买房人，不是中介，也不是房东，却干了几年买房、当中介、当装修工、当房东的活。这几年间，我接触了很多正规和非正规的中介公司和保洁，接触了各行各业形形色色的租客，也看见了许多的故事。

1

朝阳北路装修豪华的一套两居室我委托给了链家房屋中介。

来租房的是一对情侣，男人皮肤古铜色，应该是专门在健身房晒出来的那种颜色，圆脸，寸头，中等个儿，看起来四十岁左右的样子。

可能是男人看上去太成熟了，女生就显得特别娇小。女生跟一个明星长得特别像。明亮的眸子，白白嫩嫩的脸蛋透着满满的胶原蛋白，让人有一种想捏的冲动，说话声音甜甜的。

女生对房间很满意，拉着男友的手摇一摇，征求男友意见。男人对女生说："你喜欢就租下来，我无所谓。"

中介小杨也在一边附和："这房子位置好，装修也好，拎包就可入住，上午还有两拨人看了，有一个女生准备等男朋友下班后一起来订房，但还没有交押金。如果看上了就赶紧定，晚了好房不等人。"

女生听中介这样说，转身对我说："姐，这房子我订了。"说完看着男友，等待男友跟我谈价钱。

男人对我说："我俩出去商量下，你们先在房间等我们一会儿。"

然后男人拉着女生走了出去。等待过程中我把厨房燃气灶总闸关上，中介小杨忙着接听咨询电话。大概十分钟后，他们又走了进来。男人问我："租金押一付三可不可以？如果可以，我们就租下来。"

我想要租户半年交一次，为的是防止有些租户到该交租金的时候就以各种借口拖延，让我一次次打电话和上门，他们烦，我更烦。

中介小杨又在一旁附和了："姐，我看他们也是诚心租房，一看就是爱干净的人，住的人也少，到时房租我可以帮你催。"

说罢小杨又看着那对情侣说："房主是很爱惜房子的人，你们看这家具都是名牌，崭新的，全北京这个价钱租这样的房很难，能遇见是你们运气好。"

最后，我把房子租给了这对情侣，以我对人的观察，他们应该不差钱。

我们一起去店里面签好了合同后，才知道女生二十四岁，名字里带个雪字。

真是名如其人，白净得跟雪似的。此后我称呼她为"小雪"。

签合同时男人说女朋友常住，他不常在，所以就等于是一个人租房，用女生的身份证就可以了。合同已签，我再说不同意也没用啊。

第二次见小雪是一个月后她给我打电话，要我去修理浴缸的下水道。

我找了物业一起去敲小雪的门，进门小雪给我们拿出了一次性拖鞋，让我们换上。屋子散发着淡淡的香味，比我出租之前还干净整齐。

很快，物业给修好了。小雪似乎比我上次见到的时候瘦了，她穿一套很卡通的粉色家居服，柔顺的长发在脑后随意扎了一个马尾，看上去像个十几岁的少女。她从厨房给我端出了一碗黄豆炖猪蹄，对我说："姐，你吃一碗吧，我做多了。"

看人家都给我盛碗里了，我也就不客气，一边吃一边问她："你男朋友呢？"

小雪说："男朋友工作很忙，顾不上我。"

我"哦"了声，问她男朋友做什么工作那么忙。

小雪说："仿古家具。"

小雪煲的汤太好喝了，黄豆炖得很软糯却一粒一粒的不烂，猪蹄也没有腥臭味。我夸她汤煲得好。她说："我们南方人喜欢喝汤，不同季节煲不同的汤啦，女人常喝汤皮肤好哟。"

此后，我们互加了QQ。小雪常常给我发一些她煲的各种靓汤照片，还附上："有时间来我家喝汤哟。"结尾会加一个调皮的笑脸。

每天忙得恨不得有三头六臂的我，当然是没有时间去她家喝汤了，那一阵也很羡慕小雪很会保养自己。

小雪三月份租了我的房，六月和九月都按时给我交了房租。

十二月份该交房租时，她没有像往常那样按时交租金，过了几天我拨电话过去，电话响了很久才接通，小雪的声音听上去很疲惫，她说在外地，大概一周回去后给我，然后没等我说话就把电话挂断了。

又过了大概十多天，不见转租金，也不见电话。我又拨电话过去，提示忙音，QQ空间也不见更新，我给她留言也不见回复，她好像人间蒸发了……

逾期一个月没交房租时我找开锁的人撬开了门。

在卧室床头柜的一个记事本里找到了她男朋友的电话，拨了过去电话通了，接电话的是一个女人，对方问我找谁，我说找小雪的男朋友。

对方沉默了会儿说你拨错了，没等我再说话就挂掉了电话。

在房间还发现了一本日记，每一篇写的都是对男朋友满满的爱和思念。看下来，似乎小雪是爱上了有妇之夫。

最后一篇小雪这样写道："今天去医院做了检查，我怀孕了。我们有了爱情的结晶……我要为我肚子里的孩子争取到他的爱……他应该是属于我的……"

联系不上小雪，我只能又拨她"男朋友"的电话，这次电话没有人接。我发了一条短信过去："我知道你是小雪的男朋友，现在联系不上她，我只能联系你。你们的房租早已到期，逾期没有交租金，现在我只能收回房屋。"

发完后我生气地在屋子里转了转，发现厨房冰箱里还有很多食物，卧室衣柜的抽屉里还放有值钱的首饰，看样子是临时走的。

想了想，我又给那个号码发了一条短信："联系不上小雪，作为她的房东，我要报警了。"

这次，对方很快给我回了电话，是小雪的"男朋友"。他说小雪在老家有事，来不了，房屋也不能继续租了，留下的一些东西他第二天过来取走。

挂了电话，我还是觉得不对劲。小雪来不了，她为什么不跟我说一声？

我在屋子里又搜了一遍，希望找出能直接联系到小雪的信息。最后在阳台上看见一个快递外包裹，上面的地址似乎是签合同时小雪出示的身份证上的那个地址，地址下方有一个手机号，我试着拨了下，没响几声电话通了。

"喂，你找谁？"接电话的是一个阿姨。我忙说出自己是小雪的房东，找小雪。

对方倒是没有挂电话，窸窸窣窣半天没说出一句话来……

我忍不住用上提音问对方还在听吗？电话那头明显传来呜呜的哭声，就是不说话，几分钟过去了，我不知道对方发生了什么事，再一次问对方还在吗，如果不方便说话请把电话转交给身边其他人，我有事情要说……

一个男人接了过去，问我有什么事。

我忙说："请问你们认识小雪吗？今年三月份小雪和她男朋友租了我的房，现在该交房租了找不到人，我在房间找到了这个电话。"

男士说："小雪是我女儿，那房子不用租了，小雪死了。"

我震惊了，半天才反应过来。

小声问："叔叔，小雪是怎么死的？这么突然。"

男士说："孩子前几天从北京回来，每天不是把自己关在屋里就是跟人讲电话，我们看着不对劲也不敢言语，她妈妈说了几句她就大发脾气。

"怪我们没有及时观察注意到孩子的情绪啊。一天我跟孩子妈出门回来发现女儿在床上躺着，到晚饭时间还在床上不动，发现时身体都硬了，手里还拽着安眠药瓶。如果我们及时发现劝劝孩子，也不至于让孩子走上绝路啊！"

小雪的父亲哽咽着说不下去了。我追问："她有男朋友，你们知道吗？"

小雪父亲悲愤地说："就是因为这个畜生，把我女儿命都搭上了啊。"

事已至此，小雪的事情我已大概了解。

我对小雪父亲说："叔叔，你节哀。现在房间里小雪的东西，你们是自己来收拾还是我给你们邮寄过去？"

最后，小雪的父亲说让小雪的男朋友来收拾东西。

第二天中午，小雪的"男朋友"来了，一同来的还有一个大肚子孕妇。

我跟孕妇坐在客厅看着小雪的"男朋友"一件一件收拾。

我心里特别堵得慌，看着这一幕只觉得荒谬。

男人也不多说一句话，收拾完东西就带着孕妇走了。

小雪的事件我不想做任何评论，因为现在每天仍有这样的事情发生，这复杂的感情关系和道德伦理也不是几句话就能说清楚的。

2

位于小营的一套三居室是合租，书房里住进了一个天津的单身女孩，二十八岁，在别克 4S 店上班。

次卧住了一个安徽女孩，二十三岁，安徽女孩租房时对我说她是一个人住，住进来后又多了一个女孩。只要其他住户不说什么，我也睁只眼闭只眼，刚毕业的孩子不容易，"北漂"更不容易，两个人一起分担房租呗。

主卧室带独立卫生间，租户是一个二十九岁的江西男人，他告诉我他是设计师，但是具体设计什么我给忘记了。

好几次两个次卧的女孩向我投诉，她们洗澡时发现有人偷看。

我问她俩，是不是别人着急要用卫生间就往里看了看，她俩坚定地说"不是"。但是她俩也说不清是谁偷看了。最后，在 4S 店上班的女孩跟我说，这个事情不给她们解决的话她就要退房。

卫生间的门上下有两块磨砂玻璃，只有用水沾湿了才能看见里面。

我去仔细问了里面的三户人家，第一个想到的就是主卧室的男人。

男人说谁会那么无聊做那种事情，他每天忙得很，回来都半夜了，再说了自己有女朋友。看着眼前这个男人，我觉得也不大可能。

我又去问次卧的两个女生，两个女生说她们发现后穿衣出来，人早走了，没有发现。有一次其中一个大声喊，另一个听见赶紧开门看外面也没有人。她俩其中一个还笑嘻嘻地跟我开玩笑：可能是闹鬼了吧。

再去问书房的女生，书房的女生说一次是早晨七点，一次在周末下午，一次在夜间。

中介的人跟我说次卧的两个女生在附近的 KTV 上班，所以她们不会在周末下午和夜间被偷看。两个房间的三个人都证实主卧的男人有女朋友，她们会常常听见主卧传来女人夸张的叫声，并且还看见过主卧的男人的女朋友。

我想在卫生间外面门口安装一个监控，但这样一来我会抓不住那个偷窥者。

后来，我跟书房的女生商量，她下班后我给她钱去住一晚酒店，我去住她的房间。

晚上九点我住进了书房，凌晨三点我听见次卧的俩女生回来了，听见卫生间有"哗啦啦"水声时，我悄悄把门开了一条缝看外面，但并没有人趴在门上偷看。

早晨六点半，我轻轻开门把带来的水泥粉放在九阳豆浆过滤勺里悄悄撒在主卧还有次卧门口，又轻手轻脚回屋。回屋后，我开灯并故意弄出起床的声音。走进卫生间大声关门，然后把淋浴水开得"哗哗"响，眼睛一直盯着门口。

突然，一个手指头在玻璃上擦了擦，一只眼睛贴在上面了。

虽然我有所准备，但还是被这诡异的画面吓得心"咚咚"跳个不停。

可能外面的人看见里面的我没有脱衣服，在我们眼睛对视的那一刻，外面的人就转身跑了。没来得及关水，我拉开门冲了出去，看见主卧那个男人的门好像刚刚关上。我上去一拧把手，门竟然开了，主卧男人正赤身裸体站在门后面。我被这冲击性的画面再次吓得心跳不已。

稳了稳神，我问他："你偷看什么？原来一直偷窥的人就是你啊！"

主卧男慌忙转身去床上拿了一条浴巾包住自己，我跟着就推开门进去。他转身脸都吓白了，没想到我会跟进去。他眨着眼睛对我说："没有的事，我这是刚起床，门就突然被你推开了。"

这时候鬼才相信他说的话呢！我的目光从他的脸上移开，桌子上打开的电脑画面吸引了我的视线。

笔记本电脑里显示的是静态画面，我仔细一看这不就是卫生间的画面吗？一时间，愤怒涌上我的心头，脑子里疯狂问自己该怎么办。

我不能让他销毁证据，也不能让他跑掉，更不能让他狗急跳墙伤害我，于是深吸一口气后强迫自己镇定了下来。我对他说："今天我抓住你的把柄，但是这事情我不想说出去，因为其他住户知道了都会退房，我的损失太大。"

他睁大了眼睛，大概没想到我会这样说。看来他应激能力很强，已经做好对付我的准备，只等我出招了。

他来了一句："既然你都看见了，你说怎么处理就怎么处理吧。"

我想了想对他说："我有一个朋友对电脑很熟悉，让他来检查下你的电脑里面拍了多少这样的画面，全部清理掉，你重新去找房。这事情我也不说出去。"

他急忙说："我刚装上，没有存盘，真的，不骗你，现在我就打开给你看。"

说着，他就要去动电脑。我冲上去一下扯过电脑抱在怀里。

"不行，我不懂电脑，我也信不过你。"

这时才发现我的手机还在房间里。

我抱着电脑说："我这就去给朋友打电话，让他来当着你的面检查。"

我快速地回到房间，拿起手机给朋友打电话，电话响了几声后我挂掉了，编辑了一条短信：快帮我报警，到小营路×××花园×××号房间。

信息发送后，我怕朋友没醒来，又拨了一遍电话，那边通了，我挂了电话。又快速走到外面去，看到主卧的男人腰里围着浴巾正在卫生间拆东西。我没有阻止，看着他拆。他回头看了我一眼，又继续快速地拆他的。

看他拆完，我伸出手，说道："这些我没收了，为了防止你再装上去。"

他迟疑了下，把东西递到我手上。回到他房间去，也没有关门，进卫生间冲澡去了。

几分钟后他又围着浴巾出来了，看我还在门口，问我："你朋友多久到？"

我回答应该快到了。他走到床边又对我说："你能回避下吗？我穿衣服。"

我退了出来。这时，有人敲门。

打开门，门口站着两个警察。其中一个年纪大的警察问："是你报的警吗？"

我说："是，快请进来。"

警察进来了，我用手指了指主卧的门闪到了警察身后。警察上去推开主卧的门，主卧男正在穿裤子，转身看到警察说了声"靠"。

随后我朋友也赶到了。警察把我和次卧的两个女生叫起来，我们一起去了派出所做笔录。

随后知道那个笔记本里还真没有存卫生间的画面，主卧的男人承认他刚装上去。

主卧的男人被拘留了十天，交了五百元罚款。

最后，他房间里的所有东西都是他女朋友来收拾的，房屋押金我没有退给他，他也没有要，估计是自己没脸要吧。

3

讲了故事再讲一下租房注意事项。

每一年毕业季和春节后，都是北京房屋租赁业务最忙时，不着急的情况下可以避开这两个租房高峰期。

如果是需要长期租房的话，我个人建议去找正规中介机构，虽然在开始租房时要交等同于一个月租金的中介费，但是后期有纠纷你可以找负责人处理，并且一切费用的产生都公开透明。

不要相信那些随便在社区租间屋子就出租房屋的二房东，开始带你看房没有交钱时什么都好说，等你住进去后你会发现噩梦连连。

短期租房者可以考虑公寓，有些公寓偏远些，但价格相对便宜，而在市里面的公寓价格比一般房屋高出很多。

打算合租房子的人，尤其是女生，一定要在租房前问清楚房间里所有房客的信息，或者多跑两趟，不要怕麻烦，也不用管中介的催促，看看里面的人后再决定是否租。

还有一点，租房时不要选择新建好的小区，更不要选择新装修的屋子。

因为很多装修板材和家具的甲醛含量都超标。

总之，在租房的时候，我们一定要擦亮眼睛，谨慎选择。衷心祝愿大家都能租到满意的房屋。

【编者语】

这篇文章从出租方的角度讲了几个租客的故事，文字朴实，叙述客观，希望大家能从中得到启示，尤其是孤身在外租房的姑娘们。

一位卡车司机的讲述：生活在路上，命也在路上

孙迪 / 文

1

我当卡车司机已经三年了，之前我是一名装卸工，每天都在我们县城的站前市场等活。那里是装卸工的聚集地，不时地会有雇主过来找装卸工。

装卸量最大的是面粉、粮食和化肥。这些东西每袋大概一百斤，我们的工作就是把它们从火车上扛到卡车上，然后让卡车拉走，或者是从卡车上卸下来，扛到仓库里码垛，扛一吨能赚十块钱。

活多的时候一天能卸五六十吨，两个人平均下来一人能赚二三百元。

这里说一下卸货的钱为什么是两个人分，因为扛起袋子的时候需要有人帮你放到肩上，码垛的时候高了也需要人抬，所

以干活的时候两个人一组，轮流扛，这样也能歇一歇。活少的时候可能一等就是一天，一分钱也赚不到。

有时候也会有一些其他的活儿，像装卸装修材料，或者给其他一些小商户卸货，但是活儿不多，挣得也比较少。这样平均下来一个月能挣到三四千块钱吧。

这种活确实很累。你们可能想象不到，农村自己家里蒸的馒头，大概能有手掌那么大，我最多的时候一次可以吃四五个。每天回到家躺下，不用五分钟就能睡着。第二天起床，身体酸痛得不行，就吃几片药，然后强忍着酸痛继续出去干活。

2

装卸的活儿干了大概四年多，因为是重体力劳动，所以钱没赚多少，反倒"赚"了一身伤病，像风湿、腰脱等等相继找上门来。

受伤最严重的一次是我去扛化肥，在最上面一层码垛的时候，一不小心踩空掉了下来，摔劈了左臂，在家养了两个多月。

我们这种打零工一天一结的活儿，受伤了也没人管，所以那时候每天都很发愁，一方面花了不少的医药费，另一方面每天待在家里也不能挣钱，家里没有经济来源。

因为不想一辈子干这行，另外也想给家里人更好的生活，所以干装卸工的闲暇之余，我自己考了一个 B2 证。拿了证可以开货卡车，但是不能开带挂斗的那种牵引车。

考下了 B2 证之后，我很幸运地找到了一份工作，给化肥厂开车送化肥，每月五千块钱。相比之前的装卸工作，开货车的劳动强度轻了太多，而且每天可以按时上下班，收入还稳定。

但是好景不长，过了一年左右，化肥厂倒闭了。

倒闭的原因挺可笑的。这个化肥厂一直把过期化肥、假化肥和新化肥混合在一起，重新包装，然后以更便宜的价格卖出去。但真正倒闭的原因还不是造假，是因为化肥虽然卖出去了，但是从经销商那里一直要不回钱，没有回流资金。

这可能就是所谓的因果报应吧。

虽然我也没读过几年书，但是我一直都明白这个道理：无论做生意还是做人，诚信为本，做了伤天害理的事，早晚会有报应。

在化肥厂干的这一年，村子里面发生了件大事，上面要征地建一个工业园区，县政府要招商引资，促进农村发展。

工业园区的规划面积很大，基本上我们村里每家都被占了十多亩。有的人家近二十亩，占用农民耕地每亩补贴两万元。这一下，我们村成了周边最富裕的村子。村里的人有的在县城里买了楼房，有的买了十多万的小轿车。

化肥厂倒闭了，工作没了，幸好赶上家里有了些钱，我索性就把补贴的钱拿出来，又从亲戚朋友那里借了一些，自己买了辆车。

3

自己买车之后，才算真正看清卡车运输这个行业。表面上看起来挣得不少，但是花费也很多，车的保养、保险、维修、高速费、税收、油费，层层过滤之后其实利润很低。

谁都想多赚些钱，而且有的车主还是按揭贷款买的车，赚不到足够的钱，两三个月还不上贷款，车就要被收走。怎么办？那就多拉点货吧。

所以绝大部分的车主都对卡车进行了改装，你在路上见到的装满货的大卡车，不少都会存在改装且超载的行为。

卡车惯性本来就大，再加上超载，发动机能不能承受得住，刹车是否一直有效，都是未知。

所以当你在路上开车遇到大卡车时，一定要和它们保持足够的车距。

事实上货车超载并不是货车司机多贪心，实在是压力太大。如今不少行业的供给过剩，导致厂家都想通过降低价格提高竞争力，运价自然而然也被压低，货车车主想多赚钱，只能多拉。

货车超载的危险性，难道车主不明白吗？如果运费合适的话，相信谁也不会冒这个险。

有需求就会有市场，有利益谁都想分一杯羹。

卡车一出厂，车企就为卡车改装预留了空间。用"加粗、加厚"处理的钢板、车架、轮减桥成了经销商宣传的卖点。汽车修理厂也闻风而动，新增加了改装淋水器、刹车器等等业务。

虽然国家最近几年已经对这个现象进行了大规模整改，但是利益的驱动使这个畸形的市场一直存在。

4

我有一个朋友也是卡车司机。因为长得有点胖，性格老实，我们都叫他老胖。

2017 年 6 月 18 日，老胖在家里准备给他的父亲过父亲节。父亲是他唯一的亲人了。母亲在他很小的时候就因病去世，所以他打算这天在家好好陪陪父亲。老胖知道父亲爱吃鱼，所以买了条大草鱼，准备给父亲做红烧鱼。

下午的时候老胖接到一个电话，说要往齐齐哈尔拉水泥。接到电话后老胖有些犹豫，想陪陪父亲，也想去挣钱。

父亲又何尝看不出儿子的心思呢？于是老人家想出了一个好主意，他对老胖说："正好我也没去过齐齐哈尔。这样吧，你带我去，我也出去旅旅游。"老胖接受了这个两全其美的建议。

这趟活老胖车开得比平时快了些，一方面他想早点带父亲到齐齐哈尔，另一方面这批货要得很急。

连续开了六个小时，再有两个多小时的路程就能到了。想到卸完货正好是白天，能带父亲去走走，老胖心里多少有了些欢喜。父亲已经在副驾驶位上睡着了，想想父亲这一辈子既当爹又当妈地把他拉扯大，老胖唯一的心愿就是能让父亲从今往后都过上好日子。

到了凌晨两点，距离目的地还有一个小时的车程。因为长时间驾驶，老胖似乎有些困，眼皮慢慢合了一下。忽然听到了一阵刺耳的鸣笛声，他猛地睁开眼睛，瞬间就意识到自己驶向了反向车道，迎面正开过来一辆厢式货车，两辆车速度都很快。他用力向右打方向盘，车失控了，撞到了路边的一棵大树，接着又侧翻在路边。

当救护车来的时候，父亲已经停止了呼吸。老胖保住了一条命，但是右腿被截肢了。

去医院看老胖的时候，我心里特别难受，他跟我说得最多的一句话是"我对不起我爸"。听到这句话，再想想每次出车都会为自己担心的家人，我心里就更难受了。

事实上，卡车除了改装超载，卡车司机的疲劳驾驶也是一个很大的安全隐患，尤其是在夜间，更加危险。很有可能像老胖一样，一个瞌睡，一个不留神，一切就都没了。

5

老胖的事，对我和卡友们是一个很沉重的打击，但我们并不能就此不再从事这个行业。很多卡车司机要还贷款，甚至有一些是借高利贷买的车，他们借的高利贷每个月大约是两分利息，也就是2%，而当时银行月利率应该是0.7%左右。我的一个朋友每个月车贷要还五千多元。

即使像我这样没有太多外债的，也不敢轻易把车卖掉。车买来的时候很贵，可是卖的时候会大幅度折价，一下就会贬值七八万，甚至更多。这就意味着我这几年基本上是白干了。

说白了，很多人在入这一行之前，也并不是不了解这一行的危险。那怎么办呢？没办法。

都是迫于生活的压力。

唯一让我感到欣慰的是，我家上小学五年级的女儿学习还挺好的，孩子很懂事，基本不用我和她妈操心。我希望她以后有能力去选择一份安稳又安全的工作，也希望自己和所有的卡车司机都能一路平安。

【编者语】

这个故事文字依然很朴实，却能从中看到满满的细节。文中罗列了大量详细的数据，每一个数字背后，都是作者亲身经历的辛与苦。希望大家看完这个故事，能更加热爱生活。

一位古玩世家子弟的讲述：古玩玉器行的秘密

杨箫羽/文

1

我干这一行，是因为受家里熏陶，从小就喜欢这些东西。

小时候常住姥姥家，而姥爷年轻的时候是在北京做古玩这一行的。

论起辈分渊源，还能和几个硕果仅存的、德高望重的老人家攀上同门。

二十五岁开始，我从一家不起眼的店做起，碰上的奇人奇事还挺多的，拣其中两三件来说说。

比如说有人一进门，喜欢单刀直入，上来就问："你这有羊脂白玉吗？来给我看看。"

可能他本心是想做出一副我内行，我很懂的样子。

但其实在内行眼里，这样问显得很傻，一看就是门外汉、愣头青。

因为羊脂白玉非常珍贵稀少，价格也不是一般人能消费得起的。

一般很多店里没有，就算有，你一个生茬儿凭啥你说拿出来就拿出来啊。

不懂规矩，摔了，磕了，碰了，东西毁了，咋办？而且还真不一定赔得起。

现成的例子摆在那儿。某大商场玉器专柜，有天来了一位四十岁左右的大姐，衣着普通不太起眼。看柜台里有个玉镯子挺好看，就跟店员说："来，你把那个镯子拿出来给我，我试试。"

店员上下一扫量，感觉不像买得起的主顾，说就这样看吧，镯子一百二十万呢。

大姐一听来气了，非要试试。

店员无奈，又怕吵起来影响不好，稍犹豫了一下，还是拿出来了，把它放在柜台上的托盘里。

大姐气冲冲一手抓起来，就往自己手上撸，不知道是生气没拿稳还是怎么的，手一滑，"吧嗒"一声脆响，镯子掉地下了，碎成三段。

大姐一下蒙了，店员差点儿急哭了，也不管影响了，一把拽住大姐就喊保安。

又赶紧让另一个店员给老板打电话。纠缠了很久，因为这差点儿打官司。

大姐最后赔了人家二十多万了事。这一试，代价太昂贵了。

这里跟大家说一下看玉的规矩——玉不过手。

什么意思呢？

就是店家给你看玉，必须先放在专用的托盘里，然后奉到你面前，你再从这托盘里拿起来看。

如果对方像随手递橘子、苹果似的，顺手一塞，你一接，这样是不合规矩的。

因为这样一旦失手，责任无法划分，容易扯皮。

值得注意的是，有些旅游区的店就会这样干，为的就是让你出钱赔偿，从中大赚一笔。

如果进入一个不是特别熟悉的商场，或者旅游购物店，不要随便试镯子。

真心喜欢，先问清材质，有无证书，还有实卖价多少。

不要卖家一怂恿，头脑一热，上来就试。

在旅游购物店，这样的操作多半是"坑"。

他们会极力地推荐你买一个你能戴进去的最小圈口的，使劲儿麻利地给你戴进去，然后你手立刻卡肿了，摘不下来了。

一撸都钻心疼，怎么办？难道剁手？不行！那就买了吧。

价格自然人家说了算，谁叫你急呢？这时候就成了哑巴吃黄连，有苦说不出。

2

建议大家别跟风去新疆买和田玉、去云南买翡翠，也不要看见露天玉石展和地摊之类的就赶紧去淘宝捡漏儿。

这基本可以算作"三大傻"，深坑勿入啊。

老想占便宜就容易被便宜占，老想捡漏儿你特别容易被漏儿捡。

真正的古玩玉器行业里的人，都是在贪婪和克制之间走钢丝，求一个平衡。

稍微一贪可能就掉下钢丝，跌落悬崖，摔个粉身碎骨。

首先说为什么不能去新疆买和田玉、去云南买翡翠。

一是因为真正的和田玉籽料都已经挖得差不多了，很多好料都在老卖家、行家手里囤着。

二是虽然名气在那摆着，但是盛名之下，其实难副。

很多真正的新疆人手里卖的，也不是纯正的新疆和田玉，而是俄料、青海料、韩料，还有各种染色的假石头。

云南就更别说了，我个人非常喜欢那里，但是除了旅游业发达，其他产业其实不强。靠山吃山，靠水吃水，也有些是靠旅游团来吃旅游团。

成色极其一般的低价玉石，加上各种夸张说辞，天花乱坠乱吹就可以卖个高价了。

所以一般我不爱给人估价，估不好。

实话实说，太戳心，容易给人添堵。

举个例子，我的一个客户相当有钱，在自己的行业领域内也算是精英了，刚认识的时候，买过我一件半件的小东西。

她有次戴了个翡翠镯子，非让我估价。我再三推辞，她却一再坚持。

我那时候到底年轻，想着她一般买东西都爱买贵，就使劲儿把镯子拔高了价格故意问："你五千买的？"

没想到顾客脸色马上变了："只值五千？你这有类似的吗？我看看。"

刚好柜台里有只成色比那只稍微好点的，我就拿出来给她看，看着确实差不多，还比她的那只水头儿略好。

她问我，这只给她，得多少钱？

我年轻没多想，一看有生意，十分痛快地回了一句：您要看得上，这只两千您拿走。

顾客姐姐的脸色突然十分难看了，她说："你知道吗？这只镯子我花了五万买的。类似的我一共买了三只，我、我女儿、我未来儿媳妇，一人一只，一共花了十五万。"

这个故事发生在 2008 年，十五万啊，小城市一套房！

后来听顾客姐姐说她又打"飞的"过去换了一趟，具体换成啥样儿，我没见，估计不会好到哪儿去，她没胆再给我看，我也没好意思要求看。再看，就不仅是戳心窝子、戳肺管子了，简直是添堵添到心塞死，不给人留活路。

买都买了，还能咋样？

不是我一竿子打翻一船人，而是旅游的地方，有可能你去一次，没准这辈子都不去了。你又不懂，还贪便宜，人家不坑你坑谁？送上口的肥羊啊这是。

而有固定经营场所的坐地户，甚至买了幢房子、商铺立志要做百年老店的就不一样。得讲诚信，珍惜信誉。毕竟都是一个城市一个圈子，抬头不见低头见的。货真价实未必人人都做得到，但起码货真是可以保证的，价格实不实的得看个人啥标准了。

我们这种，除了个别害群之马，大致不会太离谱。

3

再说说露天玉石展和地摊儿。

每次一有这种活动，珠宝城、古玩城一般都特别冷清。因为人们都跑去捡漏儿。过一阵儿，玉石展、地摊儿一结束，你看吧，各个珠宝城、古玩城的人都比平时多一倍，都是以各种理由正面侧面反面请人来看真假、估价格的。

每当这时候，我内心都特烦躁。

说实话，我挺讨厌人们这样编着拙劣谎言骗人看东西鉴定的，因为谁的眼力和学问都不是白来的，那是时间、经验、天分还有金钱堆出来的。

你上来编个理由，爹妈给的、朋友送的、出门捡的、狗叼来的，就哄人给你看东西。那为什么要给你看呢？

这么多谎言和借口，一看你可能花了大价钱买来的假货、次货，你再那样充满信心，就更心烦了。

让我说啥好呢？我说是假的，不值钱，你生气，你愤怒，你不高兴，甚至没准儿把气顺便撒我这儿了。

我违心闭眼说是真的，你一高兴说不定又拿出全部积蓄捡漏儿去了。回来谁好心告诉你真相了，你再一生气，游方商人跑了，倒霉的还是我们。

所以我只好微笑，说这个我看不好，不太懂。

这样说，接着还得迎接来自外行的质疑和鄙视："啥都不懂，你开啥店啊？"

我就只好默默地不说话。

这里又要举个例子了。

某个露天玉石展正在进行的一天，有个意气风发、喜气洋洋的女士，拿了十几块小白石头来找我爱人"打眼儿"。

我爱人是工艺美术协会会员，工艺美术师，自幼画画，后来又从事玉石雕刻工作，特别耿直。

"打眼儿"就是将玉石的原石用钻头打出一个洞儿来穿绳儿，便于佩带。

女士试探性地问我爱人："你看我这和田玉小白籽儿咋样？不错吧？我三百一个买的，你看合适不？合适的话，我一会儿去新疆人那儿给他包了圆儿。"

我爱人看她一眼："谁跟你说这是和田玉啊？"

女士似乎听出点啥，赶紧推出挡箭牌："那个谁，某老师看过了，他说买得好，是和田玉籽料。"

她提的那人，是我们一位同行，岁数大，但人品一般，眼力也一般，业界口碑一向不怎么地。他这么说一来可能是眼力不行，确实没看出来；二来也极可能是故意给她挖"坑"。

我爱人"哦"了一声，说："你这籽料儿我打不了眼儿，你找别人打吧。"

女士有点急："别啊，老师，都说你这儿技术最好，您就给我打一个试试吧。"

她再三恳求，我爱人估计是想点拨她一下，就拿起手柄，用钻头在她那白石头上一钻，"噌"地一下，火星四溅。

然后我爱人就停下来，把石头交给那女士说："看见了吧，打不了，我这机器不行，你找别人打吧！"

女士狐疑地收好那一堆宝贝石头，走了。

后来有没有再去包圆儿就不知道了，这得看她个人造化。

这时候很多人就该问了，这个石头到底是什么？为什么不直接告诉人家？

大家小时候玩过沙子没？这和沙子里的白石头，是一样的，那叫白火石，也叫石英石。不用买，舍得花时间，淘淘沙子就好了！

为什么不直接告诉她呢？这种人，别人的真话她是听不进去的。

而且她直言某老师看过了，都是同行，没必要起争执。真没必要，没人领情，猫嫌狗不爱的。说几句真话换几个雷，不值当的。

别人的因果贪念，不应该由我们插手，你阻止她掉这个坑，她还会掉别的坑。

这就是性格决定命运。

人一贪婪就容易吃亏上当，谁叫你贪呢？况且已经点得很明白了，你还不开悟，那就是你个人命里的劫难了，该着儿，没跑儿。

天上不掉馅饼，更不掉和田玉籽料儿，你不贪，谁也奈何不了你。

4

说玉器古玩是暴利行业，全是骗子，可以一夜暴富。

这种江湖传言也不要信，听听就好。

毕竟三百六十行，哪行哪业都有害群之马，都会出现少量缺乏职业道德的败类。

但我们不能因为这个就否定全行业。就好比有人黑医院，但我们还得去医院看病，有人黑饭店，我们还得去饭店吃饭一个道理。

说句实话，这一行还真不是随便谁都干得了的。

往大了说，财、才、审美、天分、智商、情商缺一不可。

少哪样你都"混不太好"。

现在网络信息这么发达，从业门槛本来就降到前所未有的低。

玉器古玩行里的竞争激烈程度几乎可以用惨烈来形容。

真正热爱这一行的坚守者，其实活得并不容易。

既要大量资金囤货进货，又要忍得住寂寞，守得了初心。

不能因为贪心，只想挣钱进假货次货。

也不能因为看个别无良奸商瞬间高楼起，开豪车，就眼红心热卖高价骗人欺世。

还得面对只卖图片零成本入行，捞一把就走的恶性竞争。

甚至还会因为不肯欺心而受到少数无良同行的恶意诋毁构陷。

美好的东西，人人都爱。行业坚守者的不忘初心，也未尝不是另一种美好。

5

再说说关于价格和价值的问题。物美价廉这种观念其实是一种典型的双标，尤其在这一行。

贵的东西之所以贵，是因为珍贵和稀有。

好东西永远让人眼前一亮，立刻为之倾心。

这就是所谓的"人叫人，人不应，货不叫人，人自来"。

有人一眼看上了羊脂白玉的镯子，嫌贵。

然后让我给她找个只要四位数、跟这个差不多的。

我也很想差不多，但这的确是为难人了。人与人之间，论起皮囊也有美丑之分呢。

贵的东西不一定美好，但美好的东西一定很贵啊。

物美价廉，我也想，可真心实现不了。

但是在一定预算范围内，性价比高还是能做到的。

前提是你自己要懂得一些基础知识，多比较，多看看。

老话说得好：不怕不识货，就怕货比货。

最后奉劝各位，要端正心态，在经济能力所及的范围内，选择适合自己的、有缘分的玉石和古玩。

不攀比，不贪心，不老想着捡漏儿淘宝发大财。

就当是购买一件普通饰品，一个心爱的小玩意儿。这样才能享受其中。

既可以美丽心情，美化自己，又能寄托感情，表达心意。

还有可能就是无心插柳柳成荫，真就淘着点好宝贝，然后一代一代带着体温、带着记忆、带着祝福、带着爱，流传下去。

【编者语】

这个故事是同系列里较为轻松的一个，里面包含了许多古玩行业的小内幕，对这行感兴趣的读者不要错过哦！

一位地铁驾驶员的讲述：地铁的秘密

小松 / 文

提到地铁，大家都不陌生，它快捷舒适又准时。近年来，全国兴起"地铁热"，很多城市尤其大城市的公共交通出行都首选地铁。但提到地铁司机，大家的第一印象是什么？神秘、制服还是"指手画脚"？

我曾干过几年的地铁司机，在地下穿行了数万趟，堪比一条勤劳的蚯蚓。本文我就来为大家讲述这个看上去略显神秘的工作，揭秘大众最关心的关于地铁司机的几个疑问。

1

疑问一：地铁司机在站台上"指手画脚"到底是干吗？

相信很多乘客都有这样的经历，遵纪守法地乘车，却被地铁司机无缘无故地指了过来，甚至有些乘客会对隔着一张门还指着你的司机产生恼怒心理。那么地铁司机在站台上"指手画脚",到底是干吗呢?

其实就是一个作业,类似于交警的手势一样,拿手指着你,不是对你不满,而是在确认站台安全。

地铁司机其实是一个相当单调枯燥的职业,每天都待在黝黑的隧道里,工作流程完全程式化。长期处于这样的环境中,人很容易精神恍惚,因此司机"指手画脚"是为了更好地确认每站门都开启了,乘客上下完毕处于安全位置了。

记得我当初在开地铁时,每天上班时间久了容易出现走神的现象,脑子突然短路,不清楚刚才停靠的那个站到底有没有开门,乘客是不是都上下完毕了。所以这个"指手画脚"的作业手势是相当重要的,就是为了提醒自身。有的责任心不强的司机做这个手势时没做到位,结果有的门没开也没发现。

对于公交车来说,某站不开门,会发生很大的事,对地铁来说,事情可能更大……设备失常概率虽然很小,但也有可能出现,这个时候就需要司机以肉眼去判断了。

顺便提醒下大家,以后遇到关门灯闪铃响的时候一定不要抢上抢下,这可是为了自己的人身安全着想。还有,以后看见司机用手指着你,也不要反感,那是在确保我们大家的生命安全。

2

疑问二:一列地铁上到底有多少个司机?

一列地铁上到底有多少个司机？像一列火车上有正副两个司机？或者还配备几个"地姐"？其实没有啦！一列地铁上就只有一个司机。有时你看到司机室站了好几个人，那是表现好的老司机带学徒呢。

现在的地铁基本都实现了自动驾驶，无人驾驶的实现也指日可待。配备司机主要是为了应对列车故障和站台突发情况。上级单位和公司觉得一个人足以应付一列车的突发情况，所以每列地铁运行时都只有一名司机。"单兵作战""一个人在战斗"，这样形容得很贴切，司机上班都是一个人"自娱自乐"。

但是另一方面，地铁司机的压力是相当大的，因为一个人承载的是身后成千上万人的安全。也正因如此，对地铁司机的各项考核都非常严格。比如，列车耽误两分钟就要算晚点，下了班还要写事件单，被公司打电话查问原因，严重的还要开分析会，被公司上级追责。出了问题，休息的时候还要去参加公司各种培训、考试、谈话等。

3

疑问三：地铁司机的待遇如何？

衣着光鲜，岗位特殊，专业人才稀缺……你以为地铁司机的工资一定很高吧？除了被亲朋好友追问外，我们以前租房时也经常被房东这样问。答案是：NO！本人干了十来年，待遇也就是年收入七万元左右。

作为地铁人，得能文能武。能文，是指各种规章制度、下发文件、上级精神等，都需要领会、贯彻并落实；能武，是说地铁人的职责很重要，劳动量也较大。虽然相比同等级的站务或检修工种，司机工资有一定的优势（究其原因还是司机是"单兵作战"，工作负荷量大，一般工作两小时才休息十到十五分钟），但其实也并不是很高，在"同兵种"中不如火车和公交司机，在整座城市中勉强排得上中等水平，养个家问题不大，要发家致富无异于天方夜谭。

4

疑问四：地铁司机上班都干些什么？车上有没有方向盘和刹车？

正常情况下地铁完全是自动化的，停车和开门全部由电脑控制，列车故障情况下才需要司机手动控制，列车到站后，司机需要根据站台的客流量来把握关门时机。比如，遇到推婴儿车的乘客或携带大件行李的乘客等，会适当延长在站时间。但列车在每个站的停留时间都有严格的标准，只能略微放松几秒或十几秒，所以有时候并不能保证站台所有乘客都能上车。

还有，列车是沿着轨道行驶的，所以车上是没有方向盘的。同样的，列车上也没有刹车，遇到特殊情况需要紧急制动，按下紧急制动按钮，列车就能停下来了。

5

疑问五：司机开车时内急怎么办？

地铁给人们的出行带来了许多便利，但于地铁司机而言，长时间处于噪声中，面对隧道内飞扬的灰尘，恶劣的环境对身体的影响是很大的。另外，长时间用眼过度、精神高度紧张，对人的身体和心理都是很大的考验。同时由于职业的特殊性，地铁司机的吃喝拉撒亦是个大问题。

我们知道，地铁列车必须保证正点，因此留给司机的吃饭时间通常只有十几分钟，而且吃完饭马上要进行工作，日复一日，很容易患上胃病。

上厕所更是个问题，毕竟人有三急，如果急的时候不凑巧，可真是个要命的事儿。地铁司机一般在接车前或到达终点站后上厕所。但是如果在线上出现内急的话，往往苦不堪言，要么强忍过去，要么叫队长和备用司机来临时顶替一下。不管怎么说，这样对身体自然是十分不利的，慢慢地，有些疾病容易找上门来。

有一次我当班，吃完午饭后肚子咕噜咕噜地胀气，我心里暗道不好，苦苦憋住。平时跑惯的线路现在变得如此漫长……

总之，这些对平常人来说不是问题的问题，对地铁司机来说却都变成了大问题。但安全责任却让每一个地铁司机都不得不克服这些困难，不存一点懈怠之心，以保证运行不出现意外情况。

我希望说出自己真实的经历，不要引来谩骂。大家多多理解。

长年累月的地铁生活几乎把人的身体掏空。一个意气风发的年轻小伙子走进来，一个头顶掉发的中年大叔走出去，可能只需要几年的时间。个中滋味，只有地铁人自己知道。

作为一个老司机，在此我想说几句。地铁司机虽然不起眼，但确实很重要。他们真的很辛苦，享受不到常人的正常作息时间，也不能在节假日陪伴家人，甚至连过年都要在岗位上度过。但正是这一个个普通却不平凡的地铁司机，日复一日地奉献坚守，孜孜不倦地专注努力，护佑着每一个普通百姓的日常出行平安。作为一个曾经的地铁人，我很骄傲。

【编者语】

这篇文章可能会颠覆很多人对地铁驾驶员的认知，大家眼中"光鲜亮丽"的群体，其实也肩负着很大的责任与压力。每个岗位都有其职责所在，凡敬业者，都值得称赞。

一位盲人师傅的讲述：关于盲人按摩那些事

阿凡 / 文

1

我是一名盲人。

早在记忆形成之前，先天性青光眼就把五彩斑斓从我的世界中带走了，仅留下一点黑白光线的变化。但至少，那时候上帝还给我留了条门缝。大概到九岁时，那仅剩的一点儿光明也被门挤扁了，从那以后我再没看见过任何具体的影像。

记忆里最后一次看见光是在十五岁那年。那晚风雨交加，一个个响雷在头顶不断翻滚。那一晚我真的知道了刺目这个词的含义。

从那之后，我的眼前除了黑暗，再无其他。

我最大的幸运是出生在一个幸福的家庭。家境虽算不上殷实，但在二十世纪九十年代初那也算是小康水平，父母非常恩爱且都守着"铁饭碗"。

不过，随着我一次又一次的眼病治疗，这些美好与我们渐行渐远。医疗是一座大山，能把一个小康之家从衣食无忧"折腾"到一贫如洗。

幸福与悲剧之间，有时只隔着一场大病的距离。

所以说，不管你的生活是眼前的苟且，还是诗和远方，健康都是第一位的，否则就连苟且都只是个念想。

而母亲的下岗让我们雪上加霜。那些年的日子真是不堪回首，我的童年也在父母的唉声叹气中远去了。

如今忆苦思甜，真要感谢父母那些年的不抛弃、不放弃。尽管我没能重获光明，但在父母的努力下我进入了盲人学校，这让我的成长和普通人没有太多差别。虽然我的眼前少了道光，但是教育却让我没有缺失思想里的那道光。

这些经历让我在进入社会后感叹不已。因为我见识了许许多多和我一样命运多舛的人，他们没有接受教育的机会，更不曾了解到这个花花世界，自然也就错过了许多原本可以改变命运的好机会。和他们比较起来，我无疑是受上天眷顾的。

2

十九岁那年，我进入一所中专，开始学习盲人按摩。

说起盲人按摩，我先介绍一下它的由来吧。

大家都知道，按摩是盲人主要的职业。最初的时候是为了安排许多抗美援朝战争中眼睛受伤的解放军，他们中的一部分人成为军医，负责军人的日常保健工作。后来国家开始着手培训那些没有一技之长的盲人从事按摩工作。

二十世纪九十年代之前，想做按摩只有到医院里面去，盲人按摩风靡起来是在 1997 年。在深圳，据说同时有着十几万盲人按摩师。

后来许多城市都有了按摩师。盲人按摩就遍地开花了。

要说盲人按摩行业，追本溯源都离不开当年去深圳"淘金"的那帮老师傅。如今二十年过去了，他们大多都衣食无忧，在当地的这个行业里，绝对算得上一号人物。

3

按摩古来有之，最早大约可以追溯到周朝，它是一种最原始的养生和治病方法，经过数千年的发展，形成了一个完整的体系。

伤科按摩，就是我们最常接触到的颈肩腰腿痛的按摩治疗。

内科按摩和妇科按摩，可以治疗调理例如胃肠道疾病以及一些女性常见病等。常见的催乳就属于这个范围。

小儿推拿，可以治疗小宝宝们的咳嗽、发热、积食、拉肚子、小儿脑瘫等。

盲人学习按摩大概有这么几个渠道。

第一是中专卫校。这些人有基础的医学知识，能熟练操作各种按摩手法，对于常见的腰酸背痛之类能很好地处理。这部分人大概只占整个行业的不到百分之二十。

第二是残疾人联合会开办的短期按摩培训班。里面有因为车祸、工伤等意外失明的，有从小就看不见的，还有下岗再就业人员。

他们的共同特点就是急需就业，这类人占整个从业人员的百分之七十以上。

第三是极少数接受过高等医学教育，考取按摩医师资格的盲人医生。他们通常接受过五年以上的康复专业或者针灸推拿的学习，能够用一双手处理大部分的常见病。但这种盲人医生大约只占整个从业人员的百分之五。

许多朋友会说某某地方挂的是盲人按摩，可按摩师却不是盲人。这就牵涉到盲人定义的问题了。现在国际上一般将他们叫作视障者。严格来说高度近视也属于这一类人，而我们一般认为只有完全看不见的才叫盲人，所以会出现一些误会。

4

那么作为顾客如何挑选到专业的盲人按摩呢？

首先，要搞清楚按摩的目的是什么。

前面说过，百分之七十以上的从业者只能揉揉捏捏、做做放松，并不具备诊断与治疗的水平，如果只是上班累了，想找个地方放松一下，那只需要找个干净敞亮的店就行了。

这里教大家一个窍门，凡是这类服务场所，判断它的卫生情况如何，只要去卫生间瞧一瞧就能心里有数了。如果一家店的卫生间都能打扫得很干净，那说明店家对卫生是用了心的。

还有一点，最好不要在有足疗或者修脚的地方做按摩，因为你无法判断你趴着的床单和身上的按摩布乃至于脸下面呼吸孔的洞布是不是和别人的裹脚毛巾一起在洗衣机里"纠缠"过。

如果确实身体不舒服，或者经过诊断有具体的疾病，最好能找到我说的第三类人，那些专业按摩医生。

这些人要么自己开诊所，要么在正规的医院里就职。他们都是行业里的"高人"，一般都是名声在外的。许多让病人花费几万十几万做手术也治不了的腰椎间盘突出、颈椎病等，在他们的手下，可能一两千块钱就能好个七七八八。当然收费也会比一般的街边按摩贵上许多。

如果去做按摩，要明白一件事，按摩是人做的，所以有的人做得好，有的人做得差，这些都可能遇到。

不过，许多路边小按摩店里可能也会找到手艺不错的师傅，这样的小店通常有以下几个特点：一是店面非常整洁干净，二是生意很好，甚至需要排队，三是收费比市场价要高一些。

能达到第二条要求的也许不少，第一条就难些。环境干净与否说明这家店老板是否用心，往大了说，是否敬业。

第三条也是很重要的。假如它收费低廉，那我很可能认为这好生意是低价格的效果。

如果价格比市场价高出不少，却仍然人头攒动，那才证明这家店有过人之处。

5

再说一说按摩时的注意事项。

首先，要正确认识按摩。

按摩从表面上看是个力气活儿，但本质而言，它是一份脑力活儿，技巧活儿。肩膀酸还是臀部疼，旧疾还是新症，按摩师都要根据经验做出判断，决定该使用什么样的手法什么样的力度。

我从业的这些年，遇到过很多觉得按摩是力气活儿的顾客，花了钱就觉得一定要让按摩师使出吃奶的力气，否则就是吃了亏。却不知大力按摩，其实对身体有害无益。

许多按摩师也知道这一点，有些为了满足顾客就拿出来一副老牛拉犁的劲头，按得顾客龇牙咧嘴还觉得不错，真值。

还有一些"半吊子"按摩师，不懂经络，不知穴位，只剩下一身使不完的力气，美其名曰不疼不治病，一边温言抚慰一边辣手无情，实在是南辕北辙。

我们行内有一句话：按摩不懂经络，张口动手便错。遇到这种一通猛按的，赶紧起身走人，被按出毛病来得不偿失。

第二，要注意自己的人身财产安全，尤其是女性。

近些年来经常会看到按摩师性骚扰女顾客的报道，对于这些害群之马我深恶痛绝，因为他们影响的是整个行业的声誉和未来。

正规的按摩场所，按摩隔间的门上都有透明玻璃，一来是方便有关部门检查，二来也是对顾客和按摩师的一种保护。所以去按摩，一定要注意按摩房的门上有没有安装透明玻璃。

如果穿了裙子到店，可以要求店家提供按摩穿的衣服，一般的按摩店都有这样的服务。

一旦遇到色狼骚扰，一定要坚决抵抗。一般按摩店都在街面上，从事这一工作的色狼也往往不会是亡命之徒，坚决反抗会使得色狼投鼠忌器。

第三，既然选择就请信任。

我在从业中也遇到过一些很自以为是的客人。有些看了几本按摩科普书籍，或者看了几期养生节目就自以为对按摩很了解，对按摩师指手画脚。

这样的顾客极不受按摩师的欢迎，一般情况下按摩师会按照他说的凑合做做，心里门儿清那样做毫无作用。

所以，如果选择让别人帮你做一件事情，就请充分相信专业人员的水平。

第四，身体状况要第一时间对按摩师如实告知。

按摩是有风险的，尤其对那些身体有特殊状况的人。比如月经期，怀孕，高血压，等等。如果不确定自己的身体状况是否适合按摩，一定要向按摩师咨询，否则很有可能会发生危险。

在我从业的这些年，几乎每年都能听到按摩导致流产的事情，有一些是因为按摩师操作不专业，大多数都是因为顾客未能提前告知怀孕的生理情况。

第五，推拿正骨，要找专业医师。

按摩手法中有一类叫作运动关节类手法，也叫正骨手法，如我们常见的扳脖子扳腰等。

许多扳脖子扳腰扳出问题，为什么？要正骨，首先要经过仔细的触摸诊断检查，另外，这一类手法对操作要求特别高，不是一般按摩技师能够掌握的，必须持有医疗按摩师资格证的按摩医师才能够操作。不要随便正骨。

行业中流传着一句话，正骨手法就是不动刀的手术，可见风险有多高。

最后，如何判断按摩师是否专业，还有一个简单的办法，不要看他说了什么，要看他做完之后的效果。

现代人压力都大，浑身难受的亚健康人群也越来越多，按摩的生意也越来越好，这个行业的火爆折射了社会的发展节奏。其实真的，身体健康比什么都重要，平时多运动运动，总比出现症状再去治疗强。

最后祝大家都身体健康。

【编者语】

在读这篇文章之前，我对盲人按摩这一行业并不了解，读完之后觉得这门手艺神奇又有趣。当然，最大的感触还是——健康最重要。

一位直播网红妻子的讲述："作死"之路

简洛 / 文

1

大学毕业后，我和恋爱了四年的同学程野回了他的老家，浙江嘉兴的一个小镇，在那里举行了婚礼。

小镇上家家户户都是自建的三层小楼，红瓦白瓷砖，楼边有车库、鸡舍，还有白色栅栏围起来的小院。田边水塘沿都铺着水泥路，干净整洁。

每年三四月份，推开家门就能看见成片黄灿灿的油菜花。吃的蔬菜瓜果大部分都是自己种的，开车不到二十分钟就能到市区，生活富足美好得就像世外桃源。

程野爸爸经营着一家服装加工厂，养着几十个女工，承接附近服装大厂的活，每天去厂子转转，喝喝酒谈谈生意，据说不少挣。他妈妈料理家里、地里，偶尔还要操心厂子。虽然个子小小的，但充满能量，每天都忙来忙去。两位长辈都性情温和，心地善良。

然而就在我跟程野全心享受着幸福的新婚生活的时候，命运跟我们开了个不小的玩笑。婚后不到一年，公公就检查出前列腺癌。一时间家里的气氛骤冷，程野一向性格开朗幽默，也变得整天愁眉苦脸，甚至经常躲在一边悄悄掉眼泪。

个子瘦小的婆婆强打精神忙来忙去努力撑着家，我和程野一下班就跑医院。公公一向待我极好，看他病恹恹地躺在病床上，我心里就像被人揪住一样疼。

有一晚都到后半夜了，借着透过窗帘的月光，我翻身看见程野仍然头枕着双手，两只眼睛睁得老大老大。

"琳琳，我要挣点外快了，我爸那病后期花钱会像流水一样，家里没啥钱了，都在厂子里。服装厂的事情我又一窍不通。"我也翻过身去，跟他悄声商量。

"我这里还有二十万我爸给的陪嫁，明天先给妈吧？"

"不行，你的钱你先放好，先不动。"他一骨碌爬起来，打开手机给我看。我眯着眼睛，好挡下手机屏上刺目的荧光，在他打开的页面上，有几个以前我和他一起胡闹拍下的小视频。

"你看我的粉丝，我随便让你拍的，就吸引了几百个，我琢磨着，好好拍些这个，流量大了，兴许能挣不少钱！"

程野这人，性子好，脑子聪明，看着他认真的表情，我说那试试吧。流量挣钱的事情，我并不懂，但我知道他一向做事都很靠谱。

2

2016 年初短视频刚火，用户并没有现在这么多，现在直播火爆全国，差不多小学生都知道"网红"挣钱，但当时，很多人都觉得这很陌生。

但靠流量挣钱并不像现在"键盘侠"宣扬的那么容易，尤其前期，为了上热点、增粉，看起来一个号每天只发那几个小视频，但号主背后要付出很多脑力、体力。选题、布置场景、拍摄、剪辑发布，还要等着看流量评论、刷榜单、互粉。

那段日子里程野每日忙到后半夜才上床睡觉，还动不动因为心理压力大彻夜睡不着。

婆婆见他整日捧着手机，不明所以，总是要我收了程野的手机，我语塞，不知怎么解释。我自己不太懂流量的事情，更不好解释给婆婆听。

那时的网络环境比现在也要好一些，不论是炫技，搞悬疑，还是轻恶搞，视频的内容能让人耳目一新，无伤大雅的，都有流量。很快程野的脑洞创意视频就像开挂了一样疯狂增粉，开了直播，慢慢接了广告有了收益。

不到半年，他只有几千块钱的工资卡里就多了四万块钱，令我瞠目结舌。当时我俩工资全年加起来也就七万过些。流量可以变现，我也是那会儿才信了。

把钱拿给婆婆给公公交住院费时，我跟婆婆解释这都是程野做直播挣的，她直摇头，说我骗她，肯定是我的嫁妆，不肯要，弄得我和程野都哭笑不得。

公公治病，控制病情，化疗，用止疼剂，这里面哪一项都有进口药，花费巨大。厂子离了公公不景气，婆婆干脆转了手，折回来一些钱，用来继续给公公治病。

婆婆虽然嘴上从不叫苦，但她的心理和身体上都承受着巨大的压力。有天傍晚到家，看见程野一身泥水粪水站在鸡窝里抓鸡，火气大发，操起扫院子的笤帚就打过去。

"你爸病成那个样子，你倒好，在这里玩鸡？"

程野边躲笤帚，边保存视频，求着饶让婆婆看他手机页面上的收益，婆婆气得一眼没看就进屋了。

婆婆和程野的关系日渐剑拔弩张，我在中间当过无数次调解员，但毫无用处。婆婆说，就算他干那个能挣钱，还能靠那小玩意挣一辈子？如果他能挣，那还不是任何人都能挣？不务正业！

3

几乎隔一段时间，一去医院医生就会找我们谈话，说公公的病情已经很不乐观了，明里暗里地说，可以考虑保守治疗了，继续在医院耗下去没有意义。程野听后更加紧张地做直播接广告，坚决不同意出院，说有钱才能救命啊！

但有天下午我们偷偷去医院续费的时候，发现公公已经办了出院手续，程野红着眼睛赶回家和婆婆大吵了一架，责怪婆婆让公公出院。婆婆红着眼不理他，转头就到厨房做饭去了。公公虚弱地躺在床上，让程野别费那心了，说是他待在医院太久了，待到没有求生欲望了，回到家反而心情愉快些，舒服些。

程野不听，一晚上不停地说钱应该够的，应该够的。隔天就去银行取出来所有钱，一包是我的嫁妆，二十万，一包是他这半年多挣的十四万。

"我能挣到钱，为啥不用？我能给我爸挣到足够的钱！"可公公却死活不同意继续去医院治病。

后来公公每日都要忍受剧烈的疼痛，医院进口的药又贵效果又不好，婆婆找来偏方，熬成药，让公公喝了，才能暂时舒服地睡一会儿。

程野知道后气得质问婆婆。

"妈，你这么做不就是想故意埋汰我吗？有药为啥不吃？你嫌我的钱挣得不体面，明了让我爸死都不想用是吧？"

婆婆气得哭着吼："你能挣一百万又怎么样？你爸这病能好？"

和婆婆两个人聊天的时候，她悄悄告诉我，公公觉得自己这病治得没尊严，在医院的时候不管病房里有什么人，看见医生护士就要露着下身任人摆弄。横竖都是个死，他想早点结束，也算走得有些面子。

我把这话传给程野的时候，他根本听不进去，他把治病的关键都归结于钱上。我经常见他在家攥着拳头哭得直耸肩膀，砸自己的脑袋。

那些天我看他经常在手机上搜索美国的抗癌治疗。他说不想父亲这样白白等死，想着钱够多，兴许国外的医术可以治好公公。

4

2017 年初短视频用户大幅增加，程野高兴地摇着手机说，他将迎来全盛时代。可没想到新人也一下子井喷而出，从前那些创意点子、路子被无底线地模仿着，他没迎来红利期，反而每天都在掉粉。

程野抓耳挠腮地休了年假，开始重新找路子，还在附近收了几个徒弟，从那之后，他的拍摄也从一个人单打独斗变成了群策群力。为了增粉，他们越来越恶俗，越来越没底线。但任凭怎么折腾，那些传媒公司助阵的号都能把他们甩得老远老远。

有次我正在上班，忽然接到派出所的电话。程野在公园扮恐龙拍吓路人的视频，结果把一个不小心入镜且患有心脏病的老太太吓瘫在地。老太太有医保，她儿子厌烦这种恶搞，坚决不要赔偿，将他们送进了派出所。而我则被叫进了派出所，交了五百块钱罚款，跟着一起听了教育，才领了人出来。

"你能不能做事也有点底线？"

"这年代要涨粉，不破底线哪能博人眼球？"

看他红着眼睛，面颊干瘦的样子，我欲言又止了。我明白他为了公公的病已竭尽全力。

公公的病治好的可能性不大了，他现在完全就是在硬撑着一口气。美国人生地不熟的，劳民伤财去求一个不确定的结果根本就是痴人说梦，但我不忍心打破他的梦。只要公公活着，他就不会放弃。

后来程野的一个徒弟出事了。小伙子去公园拍恶搞视频，临近过年，公园的花灯刚刚装好，他用锤子敲路边的彩灯，没承想有一条线路通着电，当场被电击而亡，他的父母也早因为他拍视频的事气愤不已，如今出了事，少不了来找做师父的程野闹一场。

婆婆在院子里抹着眼泪，程野蹲在车库边别着头，一言不发，任由徒弟家人在院子里大吼大叫。

我问清楚之后，打电话叫来了警察，他们吼着骂我冷血，不仁义。我也像疯子一样吼着："要是警察断定这责任该我们家担，你们去告啊。不是的话，我今天就告你们私闯民宅，破坏财物。"

不等警察到，他们一家已经散了，事后我带着两千块，陪着程野去吊唁徒弟，徒弟父母哭倒在地，眼泪鼻涕一起流，号啕着："我的儿子才二十岁啊！直播害人，手机害人啊！"

5

那事之后，程野做直播在附近人尽皆知，婆婆在家门口转的时候都不好意思抬头。老一辈的人才不会夸赞程野有路子这样挣钱，程野就犹如不成器的惹事精一样，是让父母亲戚蒙羞的存在。

年轻人却源源不断地加上程野的微信号要拜师。流量和财路吸引了一大帮年轻人。

程野不敢收，抹不开面子只留了几个自家的亲戚，背着家里人一起飙流量，拍团体视频，像小电影一样，回家悄悄剪辑。

为了适应流量，程野越拍越低俗，后来我无意间碰到他以前的同事才知道原来他早已悄悄辞了职。

我进屋刚想质问他，见他正在拍半蹲着光着屁股从卫生间偷偷出来取手纸的视频。他带着瓜皮帽，穿着绿棉袄，挤眉弄眼的破败样子让我火冒三丈。

"你打算这样干一辈子？这饭能吃一辈子吗？工作为啥辞了？"我踢了一脚家里堆得高高的各种道具。

他提起裤子，一脸冰冷地坐在沙发上一言不发。

"我不辞职，怎么有高流量的作品？最近都没广告了！"

像新闻上说的一天能赚几万的"网红"或许真的有，反正像程野这样每个月万把块钱的直播客，生存危机是时时存在的！不是成千上万地来钱就是一分不见。

正月十二，公公走了。其实从除夕开始，他就已经陷入昏迷状态，病痛折磨了他许久，婆婆和我都看在眼里，真心觉得这种情况，死亡对于他来说才是真的解脱。

程野接到电话后，从外面赶回来，哭得两眼红肿。他跪在床前直不起腰来，我和婆婆去扶他，他一把推开了婆婆，说："都是你，要是在医院治疗着，这会儿我还有爸！"

他把怨气都撒到了婆婆身上。婆婆心痛难忍，直接晕了过去。

丧事全是我和程野的叔叔在操办。程野几日不吃不喝，他和公公的关系一直很好，公公才五十二岁，走得实在让人不忍。我也说不出什么有用的劝人的话来，能治愈悲伤的只有时间。

6

本以为直播的事情该就此告一段落了。卡上有二十多万的存款，我还有二十万，我和婆婆商量后，把四十多万交给了程野，让他拿着这笔钱做生意也好，投资也好，以后谋个营生。他直点头说好，说正在考察孕婴店，但还是继续埋头在手机里。

我知道自己怀孕那天，本想就着孩子的事情跟他说工作，没想到程野一到家就满眼兴奋地跟我说，他签了一家传媒公司，做直播，以后又可以借着互联网的光捞金了。

我咽了口水，告诉他，我怀孕了，你今后能找个普通工作，安安稳稳地过日子吗？

但他似乎只听到了前半句，后半句都没注意到。

"你说啥？我们有孩子啦？"

我点了头。他高兴地跳起来，扭着屁股活泼的样子像极了当年在学校舞会上我和他初遇的样子。公公去世后，他第一次这么开心。

等我洗澡出来，他已经出门去了，发了一条信息到我手机上：

老婆，无力救治爸爸的事情在我心里就是一个结。今后我也要做爸爸了，为了守护这个家，我会更努力地挣钱。绝对不会再让病魔有机会带走我们家的任何人！互联网时代，直播是个来钱最快的路子，我不想轻易放弃。

生老病死本就是凡人无能为力的事情不是吗？难道给生命提供安全感的只是丰厚的金钱吗？

显然不是。挣钱，养家，在承受范围内更好地享受生活并时时爱惜身体就是我们能做的所有了。巨额财富也是要看天时地利的不是吗？很多事情说白了还是可遇不可求。

到底他还是去做直播了。单眼皮，眉清目秀，在有滤镜的摄像头下他也是一个帅哥。能说会唱，哄得了妹子，聊得来大哥。他做得很认真，我无言以对，却暗暗揪心。

钱又源源不断地拿回家了，婆婆选择视而不见。儿大不由娘，她管不了，就一心埋在地里，埋在她的鸡仔身上。她要养大自己的土鸡，给我月子里补身子。

孩子出生，八斤重的胖小子。我爸妈来看孩子，程野忙前忙后，亲切热情，后来我妈悄悄问我，程野干吗呢？你在产房里生孩子，他还坐在门口，举着个大杆子，又说又笑的，完了还说他在工作。

我一听就觉得头大，直播都直播到产房门口了，幸亏那个医院不让丈夫陪产，不然他能直播我生孩子。他因为要挣钱而生的那份责任感总让我觉得不对劲，却又不知该怎么表达。只能看着他继续沉迷。

他有时会把直播地点改成家里。有天孩子醒着，"呜呜呀呀"地小闹，我心血来潮，说："走，我们看看爸爸去。"

一推门差点没把我吓死！

屋里窗帘紧闭着，只开着一盏白光台灯，红木书桌上正摆着一块白布，程野穿着白大褂满手鲜血地在解剖一只死猫。那猫眼睛还睁着，瞪得老大老大！我忍不住尖叫了一下，抱着孩子出去了。

他笑着跟出来，搂着我的肩膀让我别怕，我一把推开他的手，让他先把手用肥皂多洗几遍再说话。

他脸上赔着笑，接着解释，这家平台小，走流量就是用的这些旁门左道，专门搞些恶心、瘆人的，他录的这一小段再加上公司后期处理，能赚不少流量呢！

我忍不住回头冲他大吼："我管你挣多少钱，以后这种瘆人的活少在家里弄！"

他脸一黑就进屋了，没多久，提着一个大黑袋子丧气地走了。我趁孩子睡着抓紧进去找痕迹。屋子收拾得干干净净，但我还是心里害怕，翻箱倒柜地看了一遍。确认再没有什么尸体，又喷了一遍消毒剂，开了窗户才放心。

7

那晚孩子睡了，他拿过手机让我看一个小视频，直播男女那点事。女的几乎一丝不挂地在摄像头面前求礼物，求爱心，说礼物够了就和她老公现场直播。

我本以为他是有了什么性致，或是他认识的人的直播，结果他接下去的话让我当场炸毛。

"老婆，公司说了，我俩这形象，若是肯接这活，保红。你放心，公司那边为了自己的安全也会绝对保密的。而且我们的脸都可以戴面具，别人认不出来的，这样钱那可就哗啦啦地来了！"

"程野，你想挣钱都想疯了吧！这么不要脸的事你也做得出来！"我直接对着他大骂起来，气得头都嗡嗡直响，恨不得扇他两个巴掌。

这一瞬间我才突然明白他坚持做直播为啥总有种让人说不出的不愉快感，因为根本就是没底线啊！为了挣钱什么都肯干，现在连接这种内容的直播也觉得理所当然。一个有正常三观的人，会解剖猫，会拍限制片来挣钱？

他被我大骂之后赌着气出门了，接连好多天没回家。我和婆婆说了前后经过，婆婆拉着我的手，一直说委屈我了，今后这孩子还是要靠我来收心。

可我怎么收他的心？现在他连我和他的隐私都肯交付出去，根本就是走火入魔。

那些所谓的小直播平台本就是凭这些违禁视频挣钱的，程野交不出有料的视频，就自然拿不回钱。我担心他为了挣钱干什么出格的事，又根本联系不上他，整日惴惴不安。

终于一天中午，邻居刘叔一手拿着手机，一手拿着一个瓷娃娃，满脸猪肝色，双眼喷火地到家里叫嚣。我和婆婆的担心成真了。

一看手机，婆婆和我都吓破了胆。视频上有大量的刘叔在家被拍下的视频，根据图像的角度，这个藏着摄像头的瓷娃娃在刘叔的床对面被发现了。

"我没想到你家程野好心给我送装饰品说是什么给我正桃花，结果竟是做这种事！"

刘叔是独居老人，和婆婆年龄差不多大，这段时间我们看出来他对婆婆有意，三天两头往我们家跑。

开始程野还像防贼一样不高兴，后来莫名其妙又跟刘叔一起喝酒，好得不行，没想到背地里干了这么一出。只是他没想到，刘叔竟然也喜欢胡乱浏览网页，恰巧发现了自己被偷拍上传的视频。

视频的女主角是村里另一个老太太。

婆婆为了程野，又是下跪，又是求原谅，可根本没用，刘叔气愤地拿着手机去市公安局报案了。因为涉及隐私，连镇上的派出所都没敢去，怕有熟人知道了丢不起那人。最后，警察顺着程野一锅端了那家色情网站。

程野被判了两年，锒铛入狱的时候，他一脸惊恐，发财的美梦醒了，只剩下羞愧和后悔。这又能怪得了谁？没有底线地挣钱本就是自掘坟墓。于他，不幸之中的万幸就是后果还算不是最惨烈的。

探监的时候，他哽咽不已，说对不起妈，对不起孩子，对不起我。他泪眼婆娑地抓着我的手要我等他，他一定迷途知返。

我冷着脸告诉他，为了孩子和婆婆，我暂时不提出离婚，等他出狱后看他表现再说。我希望我孩子的爸爸也能就此改过自新。

【编者语】

这个故事的结局让人唏嘘，正如文中所说，"没有底线地挣钱本就是自掘坟墓"。君子爱财，取之有道，这样简单的道理，希望所有人都能懂。

一位京剧女演员的讲述：人生与艺术

扇马 / 文

1

穿梭在北京的大街小巷，古朴的时光感扑面而来。我在这里度过了二十九年的时光，如今掩在这红墙绿瓦之中，只剩深深的感慨。北京不缺戏园子，更不缺的是曲艺和戏曲演员。如今我也算是在偌大的北京城有了一席之地，今日颇有感触，便提笔谈谈这些年从艺的经历。

我出生后没到十天，父母就赶回济南工作，爷爷奶奶带着我在乡下住，四岁了，我还没有上幼儿园，整天操着一口家乡土话和其他孩子打架玩游戏。那时候也只在收音机里听过单田芳老先生的评书，压根儿没想过我以后会从事和曲艺有关的职业。

五岁的夏天，父母工作变动，终于把我从山沟里捞出来，带到了北京。母亲说我那时坐公交车都惊喜地嗷嗷大叫，我也是第一次走在没有鸡屎、牛粪、鸭毛的柏油马路上，恨不得把身子都仰过去看看高楼大厦的顶部。

我的一个姨家姐姐当时在一个戏园子里打鼓。那时候父母每月交房租都很困难，也没考虑过我上学的问题，早起便把我送到姐姐那儿，然后去上班，我就坐在一个小马扎上看姐姐敲鼓。其实看敲一整天鼓是很无聊的，后来我就溜达到后台看那些相声演员、京剧演员活动。

京剧演员化妆是最费劲的，我瞅着他们"勾脸"，镜子上贴着角色的妆面，后来我知道了一部分，其中有马连良扮的李渊、程婴，有谭富英扮的黄忠、诸葛亮，都好不威风。我便着魔似的和我姐、和父母说我要学京剧，我父母权当玩笑一听：去吧去吧，黄口小儿，吃吃苦头就知道后悔了。

自此我便跟了剧团里的师父，从声台形表一一学起。当时跟着师父的少说有二十来个孩子，小的像我这种四五岁，大的有十二三岁。

2

还记得第一次吊嗓子我就闹出了大笑话。

吊嗓子是京剧演员的基础练习，偷腔换气、拖板抢板、起范儿都是由它拓展而来的。我们吊嗓子就吊师傅安排的《击鼓骂曹》，时至今日我仍然记得，当我唱到"上欺天子下压群僚"

时，那舌头怎的也捋不直了，再加上方言的土腔，在单一的快板声中尤其刺耳，所有的孩子都停下来哈哈大笑。

我窘迫如鼠，直到现在仍有师兄会在饭桌上提起此事，博一番回忆的甜津。

土话在我的喉咙和大脑里扎了根，便很难纠正，我开始刻意地去模仿其他孩子的北京话，照他们的话说，都是"老北京"。

每天我早早地去吊嗓子，许是年龄小，脑子里货少，竟第一个把《击鼓骂曹》全背唱下来了。韵味不足先放在一边，师父终于开始注意到我了，于是打这儿起，我就领着其他的小孩子吊嗓，又另外跟着师父学。

为了纠正话音，我便练习《数枣》："出门过大桥，大桥底下一树枣，拿竹竿去打枣，青的多红的少，一个枣两个枣三个枣……"多的时候数到三十几。再加之整日接触的都是"老北京"，我的一口土话竟也全改正了，现今你让我说两句土话，我是一点也不会了。

不单练嗓子，还练童子功。这是最苦的，是肉体的折磨，站如松、行如风这都是最基础的，每天十几个小时地练习圆场、山膀，胳膊肌肉都酸得无法抻直，下楼梯时腿里像是有大钢板撑着。师父没空看便由师兄几个盯着，稍不到位便是巴掌落下。起初和我一起的还有四五个女孩子，到了后面渐渐地少了，只剩下我与另一个姐妹互相扶持着走到今日。

到了七八岁，按我父母的话说，能和别的孩子看出差别了。

看那时的旧照片，身子骨打开，站得直绷绷的，很傲气的模样。

那会儿年纪大些了，就不光跟着我打鼓的姐跑，坐公交我自己去剧团里免费看戏。当时觉得最有趣的是《珠帘寨》《徐九斤升官记》，戏里无论衣服，还是幕景做工都十分细致，我便偷偷地跟着学。一个月下来，少说能看上三四场，两三个月自己便能唱下来好几幕，别说心里还挺得意的。

当时全家住在一栋小破楼里，一共五六层的灰墙，夏天爬山虎能顺着栅栏爬进窗户。对门家的男孩比我大些，上了初中，每日穿着校服离家。他的母亲很有些不客气，和街坊说我不上学不识字，说我父母从农村来，嚼不烂的舌根子，被我听到不知多少次。我父母也同我商量过上学的事，当时我已经快十岁了，再去从一年级上起显然不合适，加之我心里对京剧的兴趣更加浓厚，上学的事便在协商之下作罢。至今我仍感激父母，在那样的条件下给了我自由发展的机会，让我能够从事真正喜爱的职业，可谓是"没有条件创造条件"。

家里亲戚不是没有批判此事的，往往都是从"一个女孩子"开头。唱京剧毕竟是练皮骨的辛苦事，他们的担心我也都能理解。父母就顶着这样的压力，在北京城里奋斗着为我创造条件。

3

十五岁了，终于我也到了可以勾脸披戏服上台的时候。

先从简单的开始，师父说你就唱吧。于是我第一次登台演的就是《伍子胥》。演出前一天晚上毫不夸张地说，我一分钟都没合眼，手指头冰凉，就那么紧张。一个农村出身的女孩，常年拿那些扇子铁器，指关节都磨出了圆形的茧。

时过境迁，那一场演出的感受也从我脑海里淡去了。唯一记得的是坐在第一排的一位老先生，他没睁眼看过，只用两只手一直打着节拍。师父说这种听戏，是最高境界。我就记得看着那双手，我的心跳减速了，和着节拍也不害怕了，于是顺顺溜溜地、直工直令地唱下来："焚香顶礼不为敬，来生犬马当报恩……"

如今回想起来，多少次，台下师父一个字一个字地给我纠正都不必说，这份师恩无以为报。单我这二十多年学艺，见过多少次北京凌晨五点的模样，尤其是冬天，天黑得像巨大的窟窿，我也得爬起来给父母做了早点再赶着去戏园子。穿的全是没牌子的衣服，经常洗得发白，只求整洁大方。我立在那园子里就吊嗓，朝着黑乎乎的看不清的我的未来大喊。梅派、谭派，不停地念白，闲着就听西皮、听二黄的板式，六念陆，黑念赫，白念博，这些都深深地影响了我的生活，不自觉地就可能说了行话。

青春期那段时间是最难熬的。"倒仓"，女生也有，现在说就是变声，高的唱不上低的下不来，我师父每日煮了龙角散来，和我说"啥也别担心"。不知怎的我当时也不害怕，就带着"初生牛犊不怕虎"的精神，难的唱不了了是吧，行，我就从简单的《三家店》开始。平时注意少说话，我母亲还让我吃枇杷膏，歇业上不了台好一段时间。哎，很惊喜地，慢慢地又能从《甘露寺》唱到《四郎探母》了，唱至"弟兄们离别十五春"的嘎调时，我眼睁睁看着我师父，六十多岁的人，两鬓花白，就因这一句，眼泪都含在了眼圈儿里。

师父说，不容易啊，不容易，女花容，你一个女孩子太难啦！

我一辈子忘不了那神情。我师父自打四岁从艺，吃了多少年的苦，培养了多少的弟子，须发花白，他最害怕的就是没人再听戏，没人再唱戏。我第一次登台，他亲自陪我去定做戏服，量尺子，他是我的第二个爸爸。

时至今日，我们这些他带大的孩子，说起他来还是叫一声爸爸，一说"咱爸爸"，我就热泪盈眶了。

2009 年，"咱爸爸"去世了，没能寿与天齐，没能活到全面小康。我们所有的孩子去送他，他是在梦里自个儿去了，我说这是福报，所以我没掉眼泪。师父走了之后的那段时间我是最拼命的，不只唱旦角，《苏三起解》，我还唱《柳荫记》的"远山翠叠"，跟着师兄学了一段时间的花脸，怎么也练不好共鸣，只好作罢。最辛苦的就是一天连场时唱《钓金龟》《打龙袍》，渐渐也唱出了些许名气，也赚了钱，堵上了悠悠之口。

过了三十岁，那些争名夺利的心思或是戾气都少了，每年跟着去巡演，清明节带着茶去祭拜师父。虽说戏园子没有那么红火，至少不怕无人听戏，大师兄也还能收到好多徒弟。

4

这么多年走来，有了固定的票友，见了面也能打上招呼，我对此心存感激。

有句话说得不错："江山父老能容我，不使人间造孽钱。"要培养一位女性曲艺工作者，必须说，其难度远远大于男性。能有几户人家愿意把自己的千金送去每日吃苦练习，说不定还藉藉无名的？再加上皮肉之苦、精神上的磨炼、旁人的不屑与嘲讽，不身处其中很难体会。没有一颗持之以恒或是真爱戏曲的心，很难走下来，闯出名气来更是难上加难。但是即使一路上有数不清的困难来拦我的路，我也知道这些为热爱买单的日子璀璨如星河。

人就像茶，得受得了高温熬，浮沉卷舒要费好一番功夫。

好在现在社会文明程度大大地提高，观众的接受度也上升得快。传统曲艺和当代的一些流行元素结合起来也很有味道，之前有一首北京小曲改编的《探清水河》，很多版本我一个个听过去，感觉曲艺的未来真是不可限量，又为这一代代的传承人而泪湿眼眶。

我是一名女京剧演员，一路走过紫禁城，要一辈子去照料传统曲艺的历代星辰。

【编者语】

　　这是一个有关传承与奋斗的故事，我一向很佩服愿意花费大量时间去学习传统文化的文艺工作者，尤其是戏曲家。我总觉着戏剧有特殊的魅力在。

一位医生的讲述：核磁室里那些事儿

紫苏 / 文

　　我是一家三甲医院的放射科医生，从研究生、博士到现在参加工作五年，在放射科已经有了十一年的从业经历。

　　放射科一般包括 X 光、胃肠造影、CT、核磁，还有导管室。虽说占地面积不小，但是无论在广大人民群众眼中，还是在医院其他临床科室人员心里，放射科都只是一个辅助科室——比如我们就经常被病人称呼"师傅"。

　　现如今几乎所有病人来医院看病时都要光顾放射科，我们的候诊区可以说是"门庭若市"。人一多，故事也就多了。接下来我要分享的故事，是关于核磁室的。

1

　　核磁共振是近二十年才兴起的检查技术，确实是放射领域的一次技术飞跃，也给很多疾病的诊断提供了巨大的帮助。

　　但是，核磁共振也是有禁忌的。因为机器的主体是一个巨大的磁体，因此扫描间绝对不允许出现任何铁磁性物质，比如手机、手表、钢镚、磁卡、打火机等等。这些都是不允许带进扫描间的，一旦进入，这些东西就会立刻消磁。

我之前有一次忘了，钱包装在白大褂兜里就靠近了磁体，结果钱包里的三张卡，磁性被消得干干净净，在超市购物时才发现。得亏我还带着现金，要不然人可就丢大了。

后来我去银行补卡，银行工作人员一开始怎么都不肯相信我的卡被消磁了，一直反复检查他们的柜员机，理由就是从来没有银行卡被消磁消得这么干净的情况。我费了半天口舌才让他们相信真的是我的问题。

由于这次经历太过刻骨铭心，在之后的从业生涯中，我养成了每次进扫描间前先脱白大褂的习惯。

上学期间因为科室人手不够，我们就去客串了一段时间技师，主要负责病人的摆位和扫描。每个病人进扫描间之前，我们都要把这些禁忌跟病人提前交代一下，但是尽管反复强调，还是会有纰漏。

有一次我正在操作间输入病人信息，突然听见扫描间里传来一阵响动。再一看，里面负责摆位的另一个男同学脸都绿了。我赶紧冲进去一问，才知道病人身上带的打火机在进扫描间的时候突然炸了。

同学义愤填膺地说："我闻着他身上有烟味，反复问他带没带打火机，他还信誓旦旦地说肯定没带。裤兜里揣个定时炸弹就敢进来！好在打火机炸的时候还在他裤兜里，如果是扫描床推进的时候被磁体吸过去炸了，非得炸他个桃红柳绿不可。"

这位粗心的病人被我们深刻地教育了一番，一改来时的意气风发，夹着尾巴回去了。

可能是被我同学那句定时炸弹给震慑了，候诊的其他病人都开始积极主动地摘除自己身上的金属物品。这时候，更夸张的事情发生了。

我带着下一个病人进扫描间摆位，正想跟他说平躺在扫描床上，一回头，突然发现身后是空的。我纳闷地一边喊病人名字一边向门口走，结果看见病人正在门口默默地脱裤子。他以为扫描需要脱光，而且这位是病房的病人，只穿了一套病号服。

我当时就被这一幕震惊了。当然了，经过我们的沟通，最后这位病人还是穿着裤子完成扫描的。

有的时候，不只病人，家属也会犯糊涂。他们扶病人进扫描间前，把病人全身上下摸个遍，单单就忘了把自己的手机、手表掏出来。这就好比数人数，数了一圈漏了自己。

有一次我摆病人，一位家属板砖一样的手机在磁体的巨大吸引力作用下突然发力，像颗一闪而过的流星，直直地撞向了磁体。而当时这颗"流星"几乎是擦着我的后脑勺飞过去的，要是运气再差一点，恐怕我就不能坐在这里把这件事写出来了。尽管如此，我还是费了九牛二虎之力帮他把跟磁体难舍难分的板砖抠了下来。不过经过了磁体的洗礼，这手机就真的跟板砖没什么区别了。

以上这些还都算是侥幸的，起码有惊无险。但是有些病人就没有那么幸运了。

有病人没把兜里的硬币掏出来，导致硬币被磁体吸引，飞起划伤了脸；还有病人隐瞒病情，导致义肢被吸在磁体上拔不出来……诸如此类，数不胜数。

我所经历的最严重的一次事故发生在身边同事身上，至今印象深刻。

当时科室刚装了新核磁，正在调试，需要正常人来做志愿者。正巧同事的爸爸来这边玩，就充当了一把志愿者。

在扫描进行过程中，科里一个护士也不知道怎么大脑短路了，抱着一个装有铁板的盒子想从核磁室里面抄近道。她直接就把扫描间的后门打开了，在磁场的作用下，铁板难以抵御如此强大的吸引力，直接破箱而出，飞奔向了磁体。在跟磁体缠绵的同时，也正好拍在了正在扫描的老先生的头顶上，直接导致了颅内出血。

所有这一切都发生在电光石火的一瞬间，谁都来不及反应，更无法阻止悲剧的发生。好在是发生在医院，各种抢救治疗都很及时，这位倒霉的老先生总算是性命无虞，据说还跟医院打了一场旷日持久的官司。而那块始作俑者的铁板，后来是在十个年轻力壮的男医生拔河一样的持续拉锯下，才不情不愿地跟磁体分离的。

核磁共振仪器的吸引力绝对是非同一般的，就连工作人员的内衣搭扣都难以抵御，经常在磁场的作用下做布朗运动。因此，大家来做核磁检查的时候，对于医生的询问、提醒，一定要仔细倾听，认真完成。毕竟磁场有风险，进入需谨慎。

2

除了体外的金属物品被禁止带入核磁室，体内的金属也同样不可以进核磁室。

如果病人做过手术，体内植入过任何金属物质，也是不允许进行核磁扫描的。因为在磁场的作用下，体内的金属物质会发热，从而导致相应器官、组织的灼伤。而且，金属物质会对磁场造成干扰，导致图像的相应位置出现黑色的伪影，影响图像质量和后续的诊断。如果在不危害病人健康，不影响图像质量的前提下，一些术后金属物质是允许存在的，比如说无法拆卸的烤瓷牙以及使用说明上标明可以进入核磁的钛合金物质。接下来我们就说说和伪影有关的那些事。

有一次我巡诊，技师在扫描的时候发现病人后脖颈子有一大块伪影，遂进入扫描间查看，发现老大爷就穿了T恤大裤衩，浑身上下连个兜都没有，看起来似乎任何夹带都无处遁形。技师又仔细查看了一下，机器上没有吸附着硬币或者金属物质，于是再次把大爷放倒，重新扫描了一下。然而伪影依然如故。

技师只好把家属叫进来，反复询问病史。病人及家属均确定没做过手术。这就很诡异了。

当时已经是晚上了，核磁室在地下，虽然还是盛夏，但是大家都感受到了一种莫名的寒意。病人和家属几乎已经想要放弃检查了，我本着试试看的态度，走到大爷身边，按照图像伪影的位置，像摸骨一样开始探索。突然，在后脖颈子处的T恤下，摸到了一个硬物，翻开衣服一看，发现了一枚一块钱的硬币。

地下核磁室的灵异案件就此告破。

我的同事开女士还给我讲过她遇到的黑影事件。

开女士跟肛肠科合作进行直肠癌核磁共振研究，所以经常会晚上加班扫描。直肠在盆腔，扫描的时候会要求患者把裤子脱到膝盖以下。住院病人一般病号服里面也就一条底裤。当天晚上，开女士面对的是一位中年男性住院患者。开女士给病人摆好位，扎好套管针，连上高压注射器后，进入操作间开始扫描。

扫描刚一开始，就发现患者盆腔部位一团黑。开女士当时非常震惊，病人已经脱得只剩一条内裤了，为什么还会有这么大范围的伪影？纠结再三，开女士又再次进入扫描间，询问患者内裤上是否有金属物质。病人答曰，他穿的是磁疗内裤，有保健作用。

开女士哭笑不得，接下来只能让病人单手演绎什么叫最后一块遮羞布都不能留。另外出于人道主义精神，开女士又拿了条一次性单子让病人自行包裹一下下半身，毕竟她一会儿还要进去放病人下来。在病人花了二十多分钟单手完成了以上各种高难度动作之后，扫描才再次进行。

3

前面我们说了客观上的核磁共振检查禁忌症，其实这项检查还有个主观性禁忌症——幽闭恐惧症。

做过核磁的朋友们都知道，核磁的主体是一个巨大的环形磁体，被扫描者根据扫描部位需要全身或半身进入磁体。而磁体内空间有限，对于幽闭恐惧症的患者来说，是一个难以逾越的障碍。

知道自己有幽闭恐惧症的患者，我们当然是直接建议他们选择其他检查，但是很多患者并不知道或者不愿意承认自己存在这种心理疾病。可以说核磁共振一定程度上还可以帮助患者直面自己真实的内心。

我第一次遇到的幽闭恐惧症患者是一个中年男性，五短身材，黑黑壮壮，看着很扎实可靠。就在我给他摆好位，扫描床开始进入磁体的时候，他突然惊恐地大叫，歇斯底里地呼喊，说他喘不上气来。

我赶紧把扫描床退出来，刚把固定头部的线圈拆下来，病人立刻从扫描床上蹿起来，没等我把扫描床降到合适的高度，就跳了下来，以迅雷不及掩耳盗铃之势向门口奔去。看那架势，好像生怕磁体里突然伸出七八只触手把他吸回去。

等他出去把气喘匀了，我问他："不是说没有幽闭恐惧症吗？"

他睚眉耷眼地说："我以为不承认就没事的。"

我个人觉得，让他体验一下自欺欺人的后果也不错，如果以后再想撒谎，可以回忆一下核磁检查的经历。

还有一次是我巡诊的时候，技师跟我说一个病人扫描的时候突发幽闭恐惧症，但是坚持想做检查，需要我去沟通。

这是一个比较年轻的女性患者，义正词严地声称自己没有问题，坐电梯都从来不带怕的，今天就是觉得扫描间环境太陌生才突然感到孤单害怕，把老公从单位叫过来陪伴扫描就不会有问题了。

本着相信"因为爱情不会轻易悲伤"的原则，我跟她约定，如果她爱人能在中午之前赶过来，就再给她试一次。但是只有一次，因为每个时间段都有预约的病人，不能为了陪一个人检验爱情的力量而耽误其他患者。

但是不得不说，爱情的力量是伟大的，结果真的是"一切都是幸福的模样"。这位女士在先生的陪伴下，连情绪都没有酝酿就完成了核磁检查。

这个事情充分说明，多巴胺和内啡肽对于精神和心理障碍的治愈能力是超乎想象的。

虽然爱情是要靠缘分和运气的，多巴胺和内啡肽是受严格管控的，但是我们技师的经验和智慧是无穷的。

技师飞鸟，在面对一个有幽闭恐惧症又不愿意放弃检查的小伙子时，笃定地说："年轻人，不要怕，躺进去以后大声唱歌就可以了。"对方说自己不会唱歌。飞鸟邪魅一笑，问他国歌会唱吧？于是，伴随着《义勇军进行曲》的激扬旋律，病人顺利地完成了检查。

这种情况在我们年长的技师中并不是特例。

比如某技师对付幽闭恐惧症也有绝招，就是让病人躺进去以后开始数数，数到五百，一般扫描就结束了，如果没结束，就数到一千。这种方法简单有效，还能帮助广大患者朋友复习一下小学数学，百利而无一害，不得不感叹"姜还是老的辣"，高手都在民间。

关于核磁室的故事，暂时就先讲到这里。希望通过这些故事，让大家对放射科、对医院、对人性，能有更多的认识和体会。

【编者语】

医院里的事都不是小事，这篇文行文流畅，总体叙述基调偏轻快，却时而给人心惊肉跳之感。飞起的铁块、爆炸的打火机……好在结局都有惊无险。大家看文的时候可以轻松一笑，如果真到了核磁室门口，还是要小心谨慎，安全至上呀！